As Crônicas Das Tinderellas Casadas

Love Kapu

Rio de Janeiro/ 2024

K17a Kapu,Love – 1979
As Crônicas das Tinderellas Casadas / Love Kapu. –1.ed.– Rio de Janeiro, RJ : Ed. do Autor, 2024.

ISBN: 978-65-00-97072-2

1. Ficção brasileira 2. Drama 3. Romance
I. Título II. Kapu,Love

CDD – B869.3

Esta é uma obra de ficção, qualquer semelhança com nomes, pessoas, fatos ou situações da vida real terá sido mera coincidência.

Todas as imagens introduzidas nessa obra são geradas por programa de inteligência artificial, não sendo utilizada nenhuma imagem real para treinamento de aprendizado da ferramenta, somente prompts e instruções.

Primeira edição, 2024
ISBN 978-65-00-97072-2

Sumário

EU QUERO TUDO E MAIS UM POUCO

O ciúme é uma coisa normal entre os casais, mas quando se manifesta em excesso, causa problemas como qualquer força da natureza.

Assim sabem bem os nativos de Florianópolis, que observam cotidianamente a chuva caindo na ilha e da mesma forma que desconfiam de um dia de sol, sempre esperando cair uma chuva a tarde ou a noite, o homem ciumento suspeita que foi, é ou será corneado.

Em uma universidade de Florianópolis há um professor chamado Heráclito, que tem um compromisso inabalável com sua carreira e seus alunos. Um homem sério e meticuloso, ele mantém uma fachada respeitável em público e no ambiente privado, sempre em busca de jovens talentos em seu departamento. Casou-se com Ana, uma jovem que desde o início, mostrou um charme provocante e uma mente afiada. Ela percebeu nele uma oportunidade para subir na hierarquia acadêmica de forma rápida, usando seu encanto para obter vantagens.

Ao longo dos períodos Ana usou suas artimanhas para obter favores e notas, flertando com outros professores e alunos, sabia exatamente como mexer com Heráclito. O tempo passou e juntos eles construíram uma vida de sucesso, com todos os desafios existentes na vida de um casal. Aos 39 anos, Ana acreditava que a diferença de idade entre eles era uma mera nuance diante das marcas deixadas por anos de jogos psicológicos. Ela já não se importava em manter as aparências, e sua atitude sarcástica refletia sua mudança de perspectiva. Enquanto Heráclito vive no mundo acadêmico, Ana aproveita a agitação das jovens modelos que frequentam sua loja de cosméticos em busca de maquiagem e perfumes.

Durante uma viagem de verão para Balneário Camboriú, Ana calculou uma situação para elevar os sinais de suspeita de Heráclito, ela passava por uma dificuldade na obtenção de crédito para a renovação de seu estoque por conta da pandemia e sabia que com seu marido não conseguiria apoio sem uma contrapartida convincente. No entanto, a viagem que em teoria deveria ser um momento de descontração, tornou-se em uma tensão sempre presente. Ana frequentemente tomava o controle, sugerindo roteiros, escolhendo roupas e fazendo comentários que aumentavam a insegurança de Heráclito.

Ana é mestre em manipular a tendência controladora de Heráclito, transformando o ciúme em uma ferramenta para atingir seus próprios objetivos. Ela sabe como levá-lo a um ponto de exasperação e, em seguida, usar sua necessidade de se desculpar para obter o que precisa. É um jogo de poder que ela domina com destreza.

Enquanto exploravam a cidade, Heráclito esperava encontrar intelectualidade e discussões profundas em um café, mas se deparou com selfies e frivolidades. A decepção em seus olhos era inegável e Ana, astuta como sempre, sugeriu uma caminhada para o Deck do Pontal Norte. Foi mais uma jogada de Ana, aproveitando a oportunidade para mostrar apoio e solidariedade.

No dia seguinte, enquanto Ana se preparava para ir a praia do Estaleiro, Heráclito atento a observava, percebendo os detalhes do biquíni e imaginando as intenções escondidas. Ela falava animadamente sobre planos para o dia, como visitar um aquário e tirar fotos turísticas. Enquanto Heráclito só reparava. Ele se perguntava se aquela preocupação com detalhes era realmente apenas sobre a foto perfeita ou se havia algo mais obscuro por trás.

O dia na praia do Estaleiro se desenrolava sob o calor escaldante do sol de verão. Enquanto Ana aproveitava a areia e o mar, Heráclito observava à distância, tentando não ser óbvio em seu ciúme constante. Os pensamentos inquietantes ecoavam em sua mente, uma mistura confusa de ansiedade e desconfiança.

A habilidade corporal de Ana para manipular a situação é notável. Ela sabe como caminhar e agir para que ele fique cada vez mais desconfortável. É um jogo perverso, alimentado pelo medo dele de perdê-la para outro homem e ficar humilhado com a traição. Ela explora esse medo, sabendo que ele passará dos limites e terá de se redimir, assim ela mantém ele sob o controle.

Enquanto o sol se punha no horizonte, Ana e Heráclito caminharam pela praia. Eles compartilharam conversas leves, mas havia uma tensão invisível pairando no ar, uma sombra de suspeita que Heráclito não conseguia afastar. Ele tentou disfarçar seus sentimentos, mas Ana sabe ler cada nuance de sua expressão.

Ana decidiu que era hora de manipular o ciúme do marido, ela sugeriu que fossem a um bar próximo para tomar uma bebida e dançar. A ideia agradou a Heráclito, ele imaginou que seria bom beber algo forte para relaxar, mas nem desconfiava dos planos de sua esposa. No entanto, sua alma estava inquieta, parecia já esperar algo de Ana.

No bar, o clima foi de descontração, mas o desconforto de Heráclito foi escalando. Ele observava Ana se mover no ritmo da música, atraindo olhares masculinos que não passavam despercebidos. Ela dançava com uma sensualidade que perturbava seus pensamentos. Era como se cada movimento fosse uma provocação direcionada a ele.

Para Heráclito, Ana não precisavam dizer nada, as intenções estavam claras nos olhares e gestos. Ana aproveitou o momento para se distanciar dele, sorrindo misteriosamente enquanto dançava perto de outros homens.

Heráclito, preso entre a luta contra seu ciúme e o desejo de arrancar a roupa dela e consumi-la ali mesmo, para mostrar que era o dono dela, se sentiu impotente, uma mistura de raiva e desejo. Quanto mais ele observava Ana dançando, mais ele acreditava que os homens ao redor dela estavam lá disputando uma oportunidade de esgarçar aquelas entranhas, e ele se perguntava: – o que nós ainda estamos fazendo aqui? Ora se é esse o desejo que ela tem, eu posso resolver.

Então a noite finalmente chegou ao fim e eles retornaram à pousada, Heráclito estava exausto, mentalmente drenado. Ana, por sua vez, exibia um sorriso enigmático, como se soubesse exatamente o impacto que havia causado nele. O silêncio entre eles foi o resumo da batalha silenciosa que haviam travado durante todo o dia.

Enquanto Heráclito se deitava ao lado de sua esposa na cama, a tensão deu lugar às preliminares e aos jogos de prazer. Ana, encontra satisfação na sensação de controle que exerce sobre ele. É um poder que a envolve como um véu, uma armadilha que ele não consegue escapar.

O quarto da pousada se transformou em um palco para a batalha que rompeu o silêncio entre Ana e Heráclito. Já não se sentia a brisa noturna que entrava pela janela e nem se ouvia os sons suaves do mar, o casal permanecia imerso em seus próprios fluidos e desejos, quanto mais forte Heráclito estocava por trás, mais Ana sentia que estava próxima de seus objetivos e isso aumentava seu prazer e seu desejo por mais, do mesmo modo, a medida que Ana revolucionava, Heráclito socava mais forte, imaginando que ela intencionou fazer isso com os caras do bar, mas ele é quem estava fazendo com ela. Esse ciclo foi justo para ambos, que terminaram esfolados mas satisfeitos.

Heráclito virou-se e dormiu rápido mas foi incapaz de encontrar conforto. As imagens da noite anterior o assombravam, a visão de Ana dançando com outros homens, o sorriso enigmático em seu rosto. Ele sabe que foi parte do jogo que ela gostava de jogar, mas não pôde evitar o sentimento de humilhação e impotência que o consumiram.

Ana, por sua vez, com um semblante sereno e a pele mais macia, como se não estivesse consciente do que havia desencadeado em seu marido, dormiu como a Dama da Justiça, sem culpa.

A manhã seguinte trouxe um sol radiante que banhava o quarto com uma luz dourada. Enquanto Heráclito tentava recuperar um pouco de sono, Ana já estava de pé, vestindo um biquíni muito ousado e pronta para mais um dia de sol e mar. Ela parece se alimentar dos olhares e da atenção que recebe.

Heráclito sabe que ela está explorando suas fraquezas, jogando com suas inseguranças como uma profissional. No entanto, ele também reconhece que está preso a essa situação pois não quis estipular regras no início de sua relação e agora se vê incapaz de abandonar o jogo que eles haviam iniciado.

A medida que os dias passam, a tensão entre eles se intensifica. As conversas superficiais são intercaladas com momentos de silêncio desconfortável. Enquanto Ana se diverte na praia e nos passeios, Heráclito luta para manter sua compostura. Ele oscila entre a vontade de confrontá-la e o medo de perder o controle da situação.

O último dia de viagem chegou rapidamente e naquele dia, enquanto caminhavam pela areia da praia, Ana finalmente quebrou o silêncio que pairava entre eles. Com um sorriso enigmático, ela disse:
– Querido, eu te amo, estou muito grata pelo passeio, foi tudo maravilhoso, mas quando retornarmos eu preciso conversar contigo a respeito de uma oportunidade profissional para nossa loja.

As palavras de Ana mexeram com o psicológico de

Heráclito. Ele sentiu um misto de satisfação por não perder o controle numa situação, que talvez estivesse ocorrendo só na mente dele e uma compreensão de que estava prestes a se colocar numa posição da qual não poderia escapar. Ele olhou nos olhos dela, vendo a determinação e a malícia por trás do olhar carinhoso e acenou com a mão.

Ao chegarem em casa, Ana disse:
- Querido, você sabe que estamos diante de uma boa oportunidade para aumentarmos os estoques da loja, a questão é que levantar o capital para isso junto ao banco está com juros extorsivos.

Ela acredita tanto que a noite de prazer que eles tiveram durante o passeio, teve o valor de uma prestação da contrapartida e que seu marido estivesse interessado em repetir seu desempenho, que já estava insinuando que esse seria o pagamento que ele receberia pela ajuda.

Heráclito sabia que o jogo continuaria, que a batalha de poder entre eles não tinha fim à vista. Mas também entendia que, de alguma maneira, Ana ainda o amava por confiar nele como provedor de crédito, mesmo que o amor deles fosse repleto de sombras e desafios. Por conhecer sua esposa, ele sabia que Ana seria capaz de encontrar outro fiador e além disso, ele estava interessado em se sentir selvagem novamente. O problema para Ana nesse momento é quantas vezes seriam necessárias até conseguir o aporte financeiro.

Secretamente, Ana havia baixado o aplicativo de relacionamento, quase como um ato impulsivo, uma forma de encontrar alguém para trabalhar numa campanha de marketing e ao mesmo tempo provocar o Heráclito, testando seus limites para acelerar o processo. No entanto, à medida que explorava as funcionalidades do aplicativo, uma curiosidade genuína começou a crescer em seu interior.

A diversidade de perfis, as histórias intrigantes, as conversas picantes, tudo aquilo a envolvia de uma maneira que ela não esperava. Era como se cada deslize de dedo fosse uma porta se abrindo para um mundo novo, cheio de possibilidades e experiências que ela nunca havia considerado antes. As mensagens trocadas com os desconhecidos eram como fragmentos de uma realidade paralela, um jogo de sedução e fantasia que a arrebatava.

No entanto, Ana era uma mulher pragmática, consciente das escolhas que fazia. Ela sabe que sua relação com Heráclito era uma fonte estável de recursos e conforto, algo que ela não está disposta a abrir mão. A aventura que buscava no aplicativo é em parte, uma maneira de atingir seus objetivos e também um exercício de controle sobre sua própria vida.

E assim, enquanto o dia passa, Ana navega pelo aplicativo, explorando perfis, lendo mensagens e deixando-se envolver pelas histórias que encontra. Ela se permitiu mergulhar em um jogo perigoso de sedução virtual, onde as fronteiras entre o real e o imaginário se confundiram e as regras são ditadas pelo desejo e curiosidade.. Cada conversa a leva mais longe, despertando sensações há muito adormecidas. Mas sempre ao se deitar uma pergunta começava a surgir em sua mente: até onde ela estava disposta a ir?

Enquanto isso, Heráclito nega suas próprias preocupações e suspeitas. As cenas do bar e da praia, a imagem do biquíni enfiado, tudo aquilo ainda ecoa em sua mente como um erro de julgamento, já que eles tiveram uma noite de prazer memorável. Ele sentiu uma mistura de raiva e desejo, uma batalha interna entre o ciúme avassalador e a atração desejada. Cada pensamento o leva de volta àquela sensação de prazer e punição. Ele está quase perdendo o controle.

Ana passou um bom tempo conversando com Pedro, um músico que tocava alguns bares entre São José e Barreiros. Bem humorado e comodista, vivia satisfeito com o pouco que ganhava na noite, era o exato oposto de seu marido, mesmo assim ela projetou na desenvoltura de Pedro com as mulheres, uma forma de atrair mais clientes para sua loja.

LOV& KPU 9:00PM 16%

Done

Pedro, 37

3 km de distâncica

Entre acordes e risadas, a música é a minha linguagem universal. Desenvolto, bem humorado e comodista. Quem mais quer ser parte do meu palco?

Com todo charme, Ana conseguiu atrair seu marido para a execução de seu plano, sem mencionar nada sobre o aplicativo. Ela finalmente conseguiu renovar seu estoque e já está executando sua estratégia para a nova campanha de vendas. Heráclito, planejou e salvou suas aulas do semestre em um pendrive, por isso aceitou sair para descansar os olhos, esperando algo mais dela quando voltassem.

Eles saíram pela noite em direção ao município de São José em busca de um tempo relaxante para conversar sobre os negócios de Ana e ao chegarem, a apresentação e organização do espaço, aliado ao requinte dos pratos chamaram a atenção de Heráclito pela originalidade, que ele desejava ver mas nunca ocorreu, durante a correção das provas de seus alunos, os funcionários faziam suas próprias cervejas artesanalmente, diversos tipos e Heráclito desejou provar cada uma delas. Tudo apontava ser um grande achado para ele.

O casal se sentou relativamente afastado do palco para conversar a vontade. Ao ver Pedro se apresentando, Ana avisou a Heráclito que iria ao banheiro e passou bem próxima ao músico para avaliá-lo melhor, enquanto seu marido reparava em tudo no ambiente, certas ações somente olhos bem treinados teriam visto. Ao ver que Ana havia chegado acompanhada, Pedro se animou. Ele imaginava que ela seria uma fã problemática, mas ao vê-la com o marido, ele soube que seria só uma aventura sem apego.

Durante a apresentação Ana reparou que existiam umas gurias que se derretiam em olhares para Pedro e isso lhe fez pensar rápido numa estratégia, ela pegou a chave do carro na mesa e foi ao estacionamento, com a companhia curiosa de Heráclito. Ela pegou uma sacola de sua loja, colocou dentro uns produtos da campanha passada e levou de volta para mesa. Durante o intervalo do músico ela foi ao seu encontro e, com seu jeito sedutor, fechou a porta do camarim e iniciou uma mamada apressada, que o convenceu a levar as sacolas dos brindes para o palco e no final da apresentação, anunciar a escolha de duas fãs para ganhar os produtos da loja de sua amiga.

Pedro ficou satisfeito porque com os brindes de Ana, ele certamente levaria duas fãs para cama, naquela noite. Heráclito ficou incomodado com a parceria inesperada, curioso com os termos do contrato e com o que aconteceu no camarim do músico enquanto eles fechavam o acordo. Deduziu então que se ao chegar em casa ela ainda estivesse disposta, então nada rolou no camarim, caso contrário ele foi exposto naquela mesa de bar como um corno manso.

Enfim, Ana conseguiu alcançar todos os seus objetivos, fez o seu marketing, assegurou seu novo estoque e manteve o seu marido, quanto ao que aconteceu no camarim, Heráclito nunca saberá.

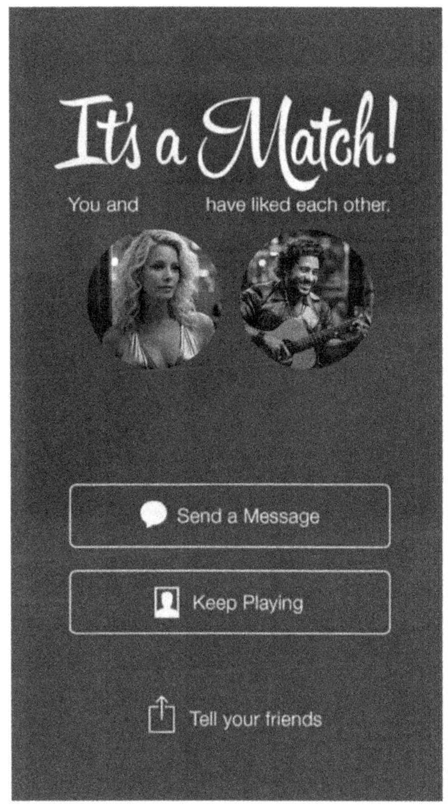
It's a Match!
You and have liked each other.
Send a Message
Keep Playing
Tell your friends

POMBINHA AZEITADA

Na bela cidade de Campos, próximo a RJ142, onde os laços comunitários são tão estreitos que é como se a cidade fosse uma grande família, lá reside um casal que à primeira vista parece um retrato perfeito da vida cotidiana.

Antônio, um homem generoso e conhecido por todos como um verdadeiro "amigão", é o tipo de pessoa que sempre tem um gesto amigável e um sorriso no rosto. Ele é trabalhador incansável, um verdadeiro sustento para a família e um pilar de apoio para seus amigos. Laura, sua esposa, é uma mulher igualmente trabalhadora, contribuindo para a renda familiar e mantendo uma rotina que parece perfeitamente comum. No entanto, por trás da fachada tranquila, reside um segredo que lança uma sombra sobre a harmonia aparente.

Laura é uma ouvinte incansável. Ela passa seus dias

ouvindo histórias das clientes que visitam seu salão de beleza, desde as trivialidades até os detalhes mais íntimos de suas vidas. Com habilidade, ela cria um ambiente acolhedor e, às vezes, quase terapêutico, onde as mulheres se sentem à vontade para compartilhar seus pensamentos e desejos mais profundos. Mas Laura é mais do que apenas uma ouvinte atenciosa; ela é uma mulher com um apetite voraz, um segredo escondido sob o véu da normalidade.

Enquanto ela ouve as histórias sobre os homens do bairro, casados ou não, Laura não pode deixar de perceber seus pontos fortes e fraquezas. Ela é astuta e capaz de criar em sua mente as armadilhas infalíveis para cada uma das suas presas, munida com as informações extraídas da fonte mais próxima. Ela sabe que as clientes frequentemente revelam seus pensamentos mais íntimos enquanto discutem trivialidades desde novelas até receitas culinárias. E secretamente ela as observa, mantendo sua própria fachada inabalável.

Laura já teve relações com metade dos maridos das suas clientes. Seu instinto primitivo supera qualquer sentimento pelo próprio marido, Antônio. Eles moram nos fundos da casa da mãe de Laura, uma posição que dá a ela uma independência que ela valoriza profundamente. Essa independência a torna indiferente às possíveis consequências de suas ações. Ela não se importa se Antônio a largar; afinal, ela sempre encontrou um jeito de se virar sozinha.

As manhãs começam cedo para Laura, enquanto ela prepara o salão de beleza para receber suas clientes mal dá tempo para pensar nos segredos que esconde. A cada cliente que entra, Laura acolhe com um sorriso caloroso, pronta para absorver e calcular cada palavra que saí de seus lábios. Ela se tornou uma confidente involuntária das vidas alheias.

Foram nessas conversas corriqueiras que Laura descobriu algo que poderia mudar o rumo de sua própria vida. Dora, sua cliente, chegou contando uma história particular. Ela havia

seguido e flagrado seu marido, Miquerinos, em um bar com uma mulher que ele havia conhecido em um aplicativo de relacionamento. O casamento deles estava abalado e Laura escutou cada detalhe com um misto de curiosidade e interesse.

Laura, sem demonstrar qualquer interesse extra, guardou cada palavra em sua mente. Ela já sabia o que Miquerinos gostava, pois tinha ouvido o suficiente sobre ele em suas conversas de salão, inclusive de outras clientes. Ele já fora casado antes e tem filhos com outras mulheres da cidade. E agora, com essa nova informação, tinha uma oportunidade nas mãos.

A curiosidade a levou a baixar o mesmo aplicativo. Ela queria entender o que levava um homem como Miquerinos a buscar aventuras virtuais, mesmo estando em um relacionamento aparentemente sólido. E, enquanto deslizava pelos perfis e mensagens, Laura não pôde deixar de se questionar sobre seus próprios desejos.

A medida em que se aventura pelo aplicativo, Laura começa a perceber que virtualmente ela tem uma relativa segurança em sua empreitada. Sempre que lê as mensagens provocativas ela sente a excitação crescendo dentro dela. É como se o mundo por ela conhecido se expandisse, revelando a possibilidade de satisfação com quantos homens, quando e onde ela quisesse.

Enquanto todos do bairro continuavam suas rotinas morosas, Laura mergulhava cada vez mais fundo no mundo virtual que a atraía. Ela se via envolvida em conversas provocativas, trocando mensagens e fotos sensuais. Ela sabia que estava correndo riscos, mas o perigo só aumentava sua excitação. Ela se sentia no controle da situação.

Laura estava ciente de que o que estava fazendo era arriscado e podia desencadear uma série de problemas. No entanto, ela sentia que poderia parar quando quisesse. Sem notar, a cupidez virtual a envolveu como um vício, atraindo-a para um mundo de desejos e aventuras.

Enquanto isso, sua relação com Antônio seguia seu curso aparentemente tranquilo. Ele continuava sendo o marido atencioso e prestativo que sempre fora, alheio aos pensamentos e segredos que rondavam a mente de Laura. E mesmo que a presença de Laura em casa fosse reduzida, ele não via motivos para desconfiar de nada. Afinal, eles tinham uma vida estável e uma relação aparentemente harmoniosa, cada um com seus afazeres.

Era como se duas vidas paralelas coexistissem dentro do corpo de Laura, uma sendo a fachada e a outra, a verdadeira chama que a consumia. Ela aprendeu a controlar cada detalhe da sua rotina para se encontrar com seus amantes virtuais sem levantar suspeitas. A cada desculpa bem elaborada, ela escapava para um mundo onde podia ser quem quisesse, onde suas fantasias eram alimentadas e seus desejos eram realizados. Ela tinha nas mãos o poder de seduzir e ser seduzida sem sair de casa.

No entanto, Laura não previu que sua aventura virtual teria consequências reais. Enquanto trocava mensagens com um de seus amantes virtuais, ela notou um perfil que lhe chamou a atenção, era Miquerinos, o homem cuja história ela ouvira no salão de beleza. Aquele que fora flagrado com outra por sua esposa.

Enquanto observava o perfil de Miquerinos, Laura sentiu que era o momento certo para uma investida. Ela tinha a noção

do perigo que corria, que aquele homem era muito conhecido na cidade. Mas ela também sentia a excitação da possibilidade de provar do marido de sua cliente, era como usar o melhor vestido de uma desconhecida sem pedir permissão e devolver suado com seu eflúvio orgásmico. Laura queria se sentir servida pela sua cliente, o mero pagamento pelo serviço não bastava para satisfazer o seu ego.

Movida pela curiosidade e pelo desejo, ela enviou uma mensagem provocativa para Miquerinos, usando sua astúcia para despertar o interesse dele. Ela estava disposta a dobrar a aposta e pagar o preço para ter seus desejos satisfeitos, sabendo exatamente o que dizer para extrair tudo dele.

Laura então tomou uma decisão arriscada. Ela propôs a Miquerinos um encontro presencial, próximo à Fazenda Casimiro. O encontro foi marcado e Laura sentia o coração acelerado e as mãos trêmulas enquanto se dirigia para o local. Ela estava ansiosa e nervosa, imaginando como seria o encontro.

Quando finalmente encontrou Miquerinos, a excitação ficou estampada em seus rostos. Eles se encararam por um momento, sentindo a eletricidade no ar. O que aconteceria a partir daquele momento estava fora do controle de Laura, e ela sabia disso.

Enquanto Laura se prepara para dar o próximo passo, ela

não pensa em Antônio, nem em seu casamento, tampouco nas consequências de suas ações. Ela estava inebriada pela busca do prazer e da aventura, e as consequências estavam longe de sua compreensão.

LOV& KPU 9:00PM

Done

Miquerinos, 48

3 km de distâncica

No campo, entre plantações e colheitas, a vida segue seu curso. Egoísta, negligente e teimoso. Quem está pronto para cultivar algo especial ao meu lado?

O encontro entre Laura e Miquerinos se desenrolou com uma tensão palpável no ar. A atração entre eles era inegável e, ao mesmo tempo, perigosa. Laura se viu dividida entre se atirar no colo de Miquerinos e aguardar ele tomar a iniciativa. Enquanto conversavam, ela tentava disfarçar as contrações vaginais, cruzando as pernas bem apertadas e amarrando o cabelo para aliviar o calor no pescoço.

Miquerinos, por sua vez, ficou curioso e ao mesmo tempo hesitante, mas um detalhe que Laura não levou em conta, foi determinante no comportamento dele, diversos maridos de clientes dela, que haviam se relacionado com ela anteriormente, comentaram sobre como ela intensa e fogosa.

Ele está acostumado a flertar no mundo virtual, mas agora se via diante da mulher que despertou seu desejo. Para ele que é um homem do campo, é como participar em um torneio de cravar a madeira em uma enxada, cuja regra é: quem colocar o pau mais justo no buraco da enxada, garante que outro cabo não será necessário, ganhando o título de “amansador de meretrizes”. A situação é tão intrigante quanto excitante.

Então eles deixaram de lado fazer a corte e partiram para uma trepada pragmática. Uma sequência de três rapidinhas em posições básicas, com um breve intervalo entre as sessões e uma despedida despretensiosa. Ambos saíram leves, com a sensação de etapa concluída, sem culpas ou rancores.

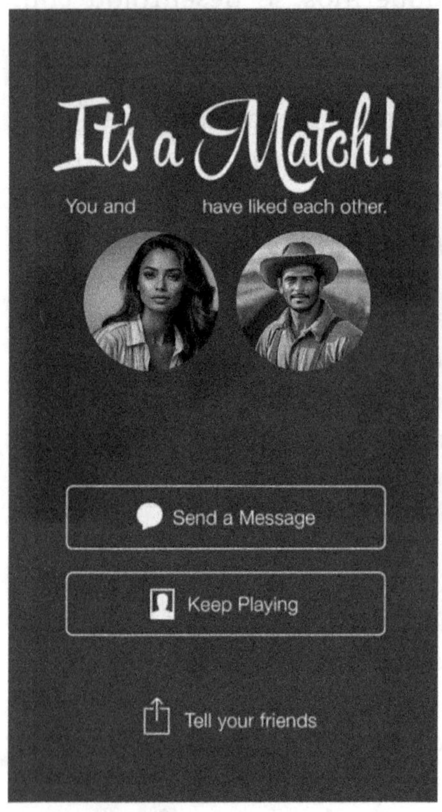

A excitação anterior de ambos foi tão grande, que eles foram negligentes com a discrição e enquanto saíam, foram flagrados por Dora, que os reconheceu imediatamente, irrompendo numa onda de fúria e violência. Aproveitando que Miquerinos estava contendo sua esposa, Laura saiu em disparado, fugindo do confronto no local e retornou para o salão para se abrigar.

Depois de falar tudo o que quis para seu marido, Miquerinos a deixou falando sozinha e partiu para casa de uma de suas ex esposa. Dora sabia onde encontrar a cabeleireira traíra, então foi para a porta do salão e gritando chamou a atenção de toda a vizinhança, que apesar de aparentar ser uma grande família, naquele momento estavam interessados no teor de toda história, sem prejulgamento, mas também sem defesa, Laura estava ali tendo sua vida exposta.

Não demorou muito para as agressões de Dora se tornarem físicas. Uma esposa em fúria contra uma pombinha azeitada, foi o que os vizinhos disseram. Depois de tanta porrada, Dora rasgou toda a roupa de Laura, que ficou desorientada e nua na rua, em frente ao salão, sob o testemunho de todos os vizinhos.

E há quem diga que foi exagero de Dora.

NASCIDA PARA SER FELIZ

A vida suburbana do Rio de Janeiro é repleta de casos tão inacreditáveis, que com a sucessão de gerações, elas não são esquecidas, viram lendas nos bairros. As coisas ficaram agitadas na estrada Pacuí, pra quem não conhece, é uma rua bucólica de Vargem Grande, onde moram o jovem casal Ramon e Maiara.

Maiara, foi criada somente pelo pai, depois que sua mãe faleceu de causas naturais, recebendo toda a atenção e dedicação. Nunca foi boa nos estudos e com muita dificuldade terminou o Ensino Médio, mas sua presença era garantida em todo rodeio e vaquejada, tanto na Zona Oeste, como nas cidades vizinhas. Dançava como uma profissional e não demorou muito para chamar a atenção dos peões brutos, que são comuns nesses eventos.

Apesar da liberdade que tinha para curtir a sua juventude, ela retornava cedo para não deixar seu pai preocupado. Como a maioria dos jovens, a educação pública não lhe garantiu uma profissão, então ela decidiu iniciar uma coisa que lhe desse retorno rápido, pediu ao seu pai para montar uma pequena cadeira, comprar uns esmaltes e foi atendendo na varanda da casa de seu pai que ela iniciou seu modelo de negócio.

LOV& KPU 9:00PM 16%

Done

Maiara, 31

3 km de distâncica

Entre esmaltes e suspiros, minha vida é uma mistura de romance e cor. Parceira, romântica, mas com um toque de mistério. Quem mais quer experimentar essa combinação única?

Trabalhou muito, conquistou sua clientela e em dois anos, já havia comprado um terreno e construído sua casa. Com muito orgulho de si, ela desfilava pelos forrós dançando satisfeita com sua bebida no copo e quando queria sair, pedia um carro pelo aplicativo. Certa noite ela encontrou um parceiro de dança na pista, que mexeu com os hormônios dela e mesmo sem saber o nome dele, eles entraram juntos no banheiro químico do evento e como pro instinto, ela já foi ficando de costas, com um dos pés sobre o assento, o corpo meio de lado e o cabelo preso, pronta para os minutos mais loucos de sua vida.

"E vida que segue", foi o bordão que ela adotou após aquela noite, pois ela achou tão bom trepar com um desconhecido, que ela passou a prestar mais a atenção em quem a chamava para dançar, mas pouco tempo depois ela descobriu que seu bordão mudaria para "E Vida que Chega".

Ramon, por sua vez, é a personificação do tumulto em forma humana. Seus olhos vivos, sempre em busca de novidades, são a janela para sua alma inquieta. Como instalador de propagandas e letreiros, ele está acostumado a criar mensagens chamativas que rapidamente captavam a atenção, infelizmente, sua necessidade constante de novidades se estendia para sua vida pessoal.

Ele conheceu Maiara em um forró, ela se encantou por ele por sua originalidade, pois ele não sabia nada de dança e sugeriu a ele um curso de dança, e ele foi com a esperança de conquistá-la. Passaram mais tempo juntos, eles treinavam na casa de Maiara, ele conheceu o filho dela que já estava com seis anos, então todo final de semana eles estavam juntos na balada.

Conforme o tempo passa, os compromissos dela vão aumentando, a medida que cresce sua clientela e Ramon, como não leva nada a sério em sua vida, aproveita a ausência de sua parceira e passa a se relacionar com diversas outras mulheres que ocasionalmente encontra pelas noites.

Ele morava com seus pais e seus irmãos, que já não viam a hora dele se acertar com a vida e sair da rotina de erraticidade que levava. Em uma manhã, Ramon chegou bêbado e discutiu com seu irmão, rolando no chão, por causa do seu comportamento abusivo, ele decidiu sair sem rumo e foi pedir a Maiara para passar um tempo la na casa dela, ela aceitou naquele momento, pois vendo o estado físico dele, ela achou melhor falar pra ele dormir e conversar sério depois de atender suas clientes.

Maiara sabia que seus problemas apenas estavam começando e suspeitava que Ramon entrara definitivamente na sua vida antes mesmo dele chegar daquele jeito. A sua menstruação estava atrasada um mês, mas ela ficou em silêncio para não assustar o seu futuro marido, para o qual ela tinha planos. Enquanto isso ele dormia, de boca aberta, sem tomar banho, nem mesmo retirou o sapato. Quando ele acordou já era noite e Maiara já havia fechado o salão.

Após a experiência do primeiro filho, Maiara esperava transformar Ramon num chefe de família, no homem que completaria sua casa e dar para seus filhos a convivência que nunca teve. Apesar de saber que teria muito trabalho, ela foi construindo desde a primeira noite de Ramon em sua casa, um clima baseado no dialogo, na confiança e na sinceridade.

LOV& KPU 9:00PM 16%

Done

Ramon, 27

3 km de distância

Entre letras e neon, minha vida é uma paleta de cores vibrantes. Burro, autoritário e irresponsável, mas quem disse que a vida precisa ser convencional? Quem topa um encontro fora da zona de conforto?

Sem entender o que Maiara projetava, ele ainda conseguia dar suas escapadas e sempre que ela descobria, eles discutiam e, se aproveitando do desejo dela, Ramon ameaçava sair de casa para convencê-la a relevar sua vacilação e conceder mais benefícios. Chegaram ao ponto em que ela passou a pagar as contas dos bares onde ele bebia.

Quando ela descobriu que ele havia baixado um aplicativo para conhecer mulheres, ela baixou o mesmo aplicativo a fim de marcar um encontro com ele, no entanto, durante a busca, ela foi observando rostos conhecidos do bairro e seguiu calmamente com sua busca. A noite, enquanto ela tomava banho, Ramon utilizou o telefone dela para transferir um dinheiro da conta do salão para sua conta, a fim de beber o final de semana, foi quando ele descobriu que ela também tinha instalado o app de namoro.

Ramon imaginando que Maiara estava lhe colocando galha, cobrou explicações imediatamente e eles discutiram tão sério, que ele partiu ao meio o telefone dela e saiu sem destino, dando início a uma longa quinzena de sofrimento. Maiara não sabia se ele voltaria, mas ela tinha seu brio e tocou sua vida durante a semana, só que nos finais de semana ela procurava nos locais onde seria mais provável de encontrá-lo, já que ele não atendia às ligações.

Foi em uma dessas saídas de patrulha que ela reconheceu Bastos num churrasquinho tradicional, feito na rua Manhuaçu. No momento em que Maiara viu Bastos, ela o reconheceu do app e como tinha lido seu depoimento, ela sabia que ele tinha uma história que o tornava mais sábio do que sua aparência poderia sugerir. Ele leva uma vida serena após o término de seu casamento, quando sua mulher o trocou por outra mulher, foi uma revelação que inicialmente o deixou perplexo, mas com o tempo ele aceitou resignado. Não foi a primeira vez que o destino lhe apresentou reviravoltas, e ele aprendeu a enfrentá-las.

Bastos trabalha como vigia do trem e mora num pequeno apartamento que compartilha com seu gato, um fiel companheiro chamado Marola, é um refúgio de tranquilidade. Ali, ele mantém suas leituras e desenhos, permitindo que sua mente se distancie dos problemas do mundo. Sua profissão lhe proporciona tempo para pensar e refletir sobre a vida, algo que ele valoriza profundamente.

Enquanto eles aguardavam seus pedidos a amizade entre eles floresceu com naturalidade. As conversas fluíram sem esforço, e Bastos encontrou em Maiara uma companhia que lhe trazia uma sensação de conforto há muito esquecida. Eles compartilharam histórias, risadas e sonhos, criando um vínculo que parecia transcender a superfície e retornaram, cada um para sua vida infeliz novamente. Bastos admirou a força silenciosa de Maiara, e ela encontrou em Bastos um ouvinte atencioso e compreensivo.

Maiara, apesar de sua calma exterior, ansiava por algo mais, algo que a fizesse sentir viva e amada, por isso ela procurou por Ramon, que por sua vez, parecia ter se afundado em um ciclo de prazeres momentâneos que o deixavam vazio. Duas semanas se passaram e ele não lembrou de entrar em contato, pelo menos para dizer se voltaria para devolver o cartão do banco de Maiara.

A curiosidade a levou Maiara a pesquisar na internet sem sucesso na busca por Ramon, mas encontrou Bastos nas redes sociais, então suas conversas continuaram a fluir com a mesma naturalidade. O que começou como uma simples troca de mensagens rapidamente evoluiu para confidências íntimas e reflexões profundas. A cada mensagem, a conexão entre eles se fortalecia, criando uma sensação de pertencimento que ambos ansiavam.

Bastos, por outro lado, não podia evitar de perceber a luta que Maiara estava enfrentando. Seus olhos traziam a marca de uma tristeza que não podia ser escondida, e ele desejou oferecer a ela a felicidade que ela merece. Ele soube que a situação estava complexa, mas seu coração lhe dizia que ele poderia fazer a diferença na vida dela.

Enquanto Maiara e Bastos compartilhavam momentos de cumplicidade, Ramon continuava sua trajetória errante entre raparigas e noites agitadas. Seu comportamento cada vez mais distante e desinteressado deixava Maiara perplexa. Ela sabia que algo precisava mudar, mas o peso das circunstâncias a mantinha inerte com suas incertezas.

Foi então que em uma noite fria de conversas francas e sinceras, Bastos finalmente soube da verdadeira extensão das dificuldades de Maiara. Ela estava grávida de quatro meses, as preocupações com Ramon e a busca por uma saída daquela situação opressiva eram fardos que ela carregava em silêncio. Bastos ouviu cada palavra com atenção e pesar por Maiara.

No dia seguinte, Maiara inspirada pelo apoio de Bastos e guiada por seu próprio desejo de mudança, deu o primeiro passo em direção a um novo futuro. Ela surpreendeu Ramon, cancelando o cartão do banco e colocando suas próprias necessidades e desejos em primeiro plano. Ela deixou claro que merecia respeito, confiança e amor, e que estava disposta a lutar por isso.

Bastos estava determinado a estar ao seu lado, mesmo que apenas como amigo. Ele havia encontrado em Maiara alguém que entendia suas lutas e incertezas, e ele não permitiria que ela enfrentasse seus desafios sozinha e foi com ela em sua primeira consulta pré-natal, numa clínica próxima a sua casa e de lá ele foi assumir seu plantão na estrada de ferro.

Ramon foi ao salão devolver o cartão de Maiara e assuntar o que houve, mas ela não estava lá. Uma funcionária informou que ela havia saído para fazer o pré-natal e parabenizou ele pelo quarto mês do bebê, já perguntando se ele sabia o sexo da criança. Naquele momento Ramon ficou cético, ele não sabia da gravidez e achou que passou tanto tempo longe, que ela já estava com outro, mas daí ele lembrou de fazer as contas e saiu novamente e passou o dia refletindo sobre o assunto.

A noite, antes de encarar a realidade da qual ele não poderia fugir, ele pensou em relaxar num boteco próximo ao Terreirão, o tempo passou e quando ele achou que estava pronto, foi ao encontro de Maiara. Chegando lá, tudo apagado, já era tarde, ele nem reparou a hora, mas para a surpresa de todos ela estava acordada, cavalgando sensualmente sobre Bastos, com seu corpo suado, na posição de vaqueira invertida e um frasco de lubrificante intimo na mão.

Sem espanto nenhum Maiara olhou para o Ramon, como se ele não tivesse sido convidado para aquela festa, mesmo assim ele quebrou o clima. O curioso é que nenhum deles se sentiu constrangido. Ela precisava de um banho e foi se lavar, enquanto Bastos se vestia e Ramon processava o que tinha ocorrido, eles evitaram de se olhar, mas estavam os dois no mesmo cômodo. Ao sair do banho, ela pediu ao Bastos que evitasse confusão e fosse para casa. Ao Ramon ela disse:
- Já está tarde, eu agora não quero conversa, vá dormir com as putas que te abrigaram até hoje. Na minha casa você não vai dormir.

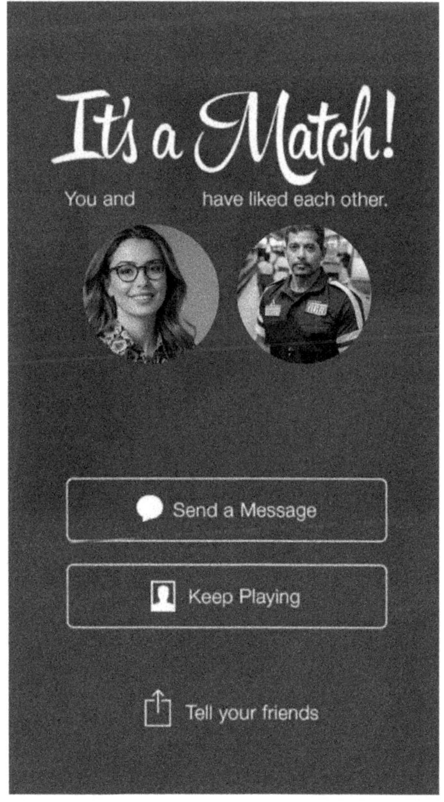

No dia seguinte, a confrontação não foi fácil, mas foi necessária. Ramon, confrontado com a realidade das escolhas que fizera, se viu obrigado a refletir sobre seu comportamento e suas atitudes. Embora nada do que ele fizesse ou dissesse, removeria o prêmio que Maiara estampou em sua testa, ele estava diante da exposição das suas molecagens, tendo a escolha de tornar-se um homem e reconhecer seus erros, buscando uma mudança genuína ou continuar no caminho da autodestruição, mas a partir de agora, pagando pensão alimentícia.

As ações de Maiara alegraram Bastos de maneira profunda. Ele viu na coragem dela um reflexo de gratidão pela sua torcida. A amizade entre eles se consolidou, ele até pediu para ser o padrinho da criança. E enquanto a vida os levava por caminhos diferentes, Bastos estava determinado a ser uma fonte de apoio e estabilidade para Maiara.

NÃO HÁ HONRA ENTRE BANDIDOS

A Vila Piratininga, Venda Nova, Belo Horizonte, já teve dias mais tranquilos. Juliana e Eduardo Augusto residiam e guardavam seus planos criminosos sob suas fachadas pitorescas. Um casal aparentemente comum aos olhos dos vizinhos, eles levavam uma vida dupla habilmente, arquitetando e executando golpes no mundo virtual. Por trás de sorrisos educados e cumprimentos cordiais, eles se dedicavam a operações fraudulentas que prometiam sonhos e roubavam esperanças.

Eduardo Augusto, preso há seis meses por estelionato, foi o cérebro por trás dos golpes digitais. Dotado de habilidades técnicas excepcionais, ele manipulou códigos e transações para criar ilusões convincentes. Enquanto ele assumiu sozinho a responsabilidade das atividades ilícitas, Juliana administrou o financeiro escondido em contas no exterior. Foram os arquitetos dos enganos, construindo promessas falsas de identidades visuais brilhantes para pequenos negócios e logotipos cativantes que nunca veriam a luz do dia.

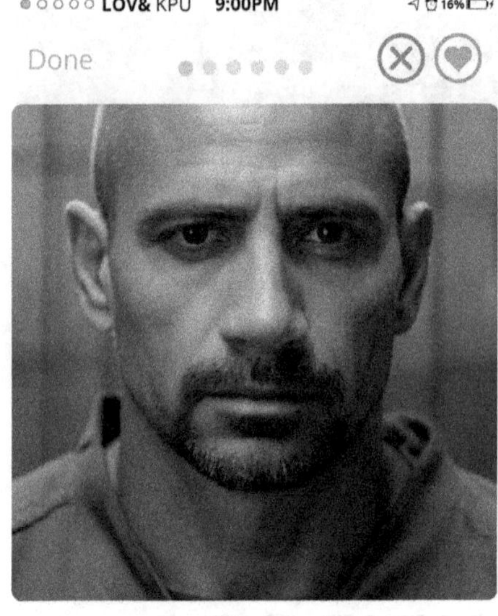

A parte de Juliana no golpe foi ser a face encantadora da operação. Sua beleza cativante e habilidades persuasivas a tornaram a vendedora perfeita para atrair vítimas inocentes para as garras da fraude. Ela usou suas palavras e sorrisos charmosos para vender sonhos que ela sabia que nunca seriam realizados. Depois de traçar o caminho do engano nas redes sociais, ela se encarregou de contratar o advogado para a defesa de seu marido depois que ele foi preso.

Seu casamento com Eduardo foi tradicional, eles cresceram juntou e se casaram ainda virgens. Eles tinham sonhos como todo casal, de terem seu lar, suas coisas e aproveitarem a juventude plenamente. Por isso eles apostaram alto no esquema virtual, já que a privacidade foi um luxo básico que eles nunca puderam desfrutar, pois a família de Eduardo vive lado a lado na mesma vila, sem nunca desconfiar de dos planos que ali foram executados.

Juliana, jovem e de aparência sedutora, enfrentava uma batalha interna. Seus desejos sexuais acumulados a atormentavam diariamente, enquanto ela amargava a vida de mulher de um presidiário. Embora consciente da riqueza de oportunidades que as plataformas digitais de relacionamento ofereciam para aliviar sua ansiedade, ela inicialmente não cogitava usá-la, pois os olhos atentos dos parentes de seu marido estavam sempre a observando.

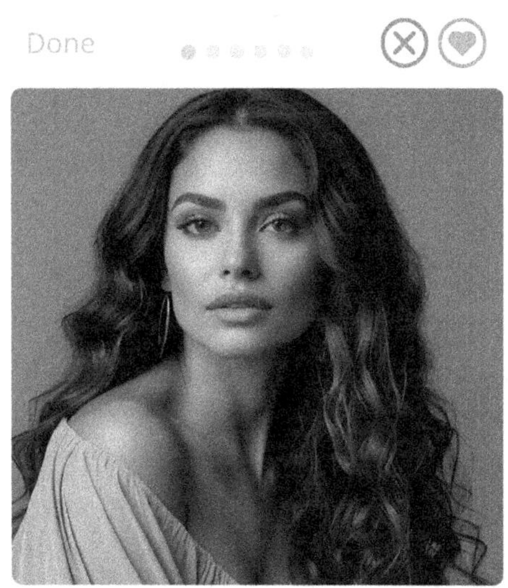

Contudo, após alguns dias de relutância, a necessidade de ter uma fonte de renda para manter Eduardo com um grau mínimo de conforto na cadeia e a pulsante falta do calor masculino em sua cama, a empurraram para além dos limites de sua contenção. Juliana decidiu finalmente seguir seus desejos, começando um relacionamento à distância com Nélson, um lojista local conhecido por sua vida amorosa tumultuada e relacionamentos efêmeros.

Nélson é um comerciante conhecido na vila, mas não exatamente por seu sucesso nos negócios. Ele é um homem que vive entre sombras e suspiros, famoso por seus encontros fugazes com as funcionárias de sua loja e pelas histórias de amor breves que colecionava como troféus. Sua loja de insumos digitais, embora tivesse uma reputação modesta, é mais frequentada por boatos sobre seu comportamento como chefe do que pela qualidade dos produtos que vende.

Por trás de seu sorriso despretensioso, Nélson é um homem sedento de orgasmo feminino. Suas aventuras amorosas são maneiras de expor sua virilidade, uma tentativa de compensar sua total inabilidade em manter um relacionamento. Vazios internos que ele raramente reconhece. Ele sabe que está atraindo a si mesmo e às suas vítimas para uma perfídia, mas a necessidade de fugir da monotonia o impulsiona a continuar.

Nélson tem uma queda por mulheres que compartilham de sua sede por emoções fortes. Seus encontros são como chamas que iluminam momentos de escuridão, mas nunca deixam rastros duradouros. Ele não se permite envolver emocionalmente, pois sabe que se fizer isso, pode estar abrindo portas para mais sofrimento. É um homem que vive no presente, sem se preocupar com as consequências de suas ações.

Quando Juliana entrou em sua vida, ele a viu como uma presa em potencial. Sua beleza inegável e aura de mistério o atraiu imediatamente. No entanto, ele está acostumado a jogos de sedução e decidiu abordar a situação com cautela. Ele percebeu que ela é diferente das outras mulheres que havia conhecido; havia um fogo ardente por trás de seus olhos, uma paixão reprimida que ansiava por ser liberada.

Nélson nunca poderia imaginar o que estava prestes a acontecer quando ele e Juliana começaram a se comunicar. Ela é mais do que uma conquista fácil, mais do que uma rapidinha. Ele logo descobriria que havia muito mais por trás da máscara que ela usava. Ele estava a um passo de ter sua mente invadida pela sanha maliciosa de Juliana, onde a conexão entre realidade e ilusão, liberdade e prisão começariam a se confundir.

O rolo entre Juliana e Nélson começou a estreitar à medida que trocavam mensagens e conversavam sobre o currículo e sobre suas vidas. O que começou como um jogo de sedução logo se transformou em conversas íntimas e confidenciais. Juliana, embora precisasse de um emprego, também necessitava de aplacar seu fogo interno, ela sentia injustiça em não ter alternativas ao Eduardo, que mesmo quando em liberdade não dava no couro, como ela esperava.

Nélson, por sua vez, ficou fascinado pela complexidade de Juliana. Ele conseguiu ver além da fachada sedutora e enxergar a mulher que estava lutando contra seus próprios demônios. À medida que as conversas avançaram, ele se viu envolvido por uma mistura de desejo e euforia. Ele quis reiniciar sexualmente aquela casada, que para ele, pelo tempo que ela passou sem transar, voltou a ser virgem, mesmo que isso significasse arriscar a própria vida.

Enquanto isso, a vida de Juliana ao lado de Eduardo passou a ser uma relação entre golpistas, cheia de mentiras e manipulações. Ela tentava manter as aparências, mas o desejo reprimido crescia dentro dela a cada dia. Eduardo, mesmo matriculado em tempo integral na escola do crime, não suspeitava das intenções secretas de sua esposa. Ele estava tão ocupado tentando safar o próprio rabo, que não percebia o perigo que o rabo de Juliana representava.

Quando Juliana estava enviando o currículo para trabalhar com Nélson, o irmão de Eduardo passou pela janela da sala com um olhar sombrio no rosto. Ele havia descoberto a entrevista entre Juliana e Nélson. O confronto foi inevitável. Juliana, em um ato de desespero, lançou mão de suas habilidades manipulativas para explicar a situação. Ela inutilmente pintou Nélson como um amigo inofensivo, um filantropo comerciante que a estava ajudando a sobreviver em um mundo hostil. Desde a prisão, os parentes de Eduardo desconfiaram que ele foi preso por causa dela, pois nunca souberam como tudo aconteceu.

Eduardo, ficou sabendo dessa entrevista e, conhecendo a fama de Nélson e cobrou explicações da esposa. Ela explicou que as coisas para ela não estavam boas, os parentes não ajudam, toda regalia que ele tem custa caro e calculou que os recursos guardados acabariam em breve e ele ficaria sem advogado. Embora hesitante, estava disposto a acreditar nela. Ele estava desesperado por uma válvula de escape da imagem da prisão e queria acreditar que havia esperança para a defesa dele. No entanto, havia um nó de desconfiança que permanecia em sua mente.

Nélson contratou Juliana e eles passaram a se encontrar fora do trabalho, longe de olhares curiosos, saiam para lados opostos na rua e tornavam a se encontrar no supermercado em Paraopeba. Sem fugir de sua natureza, no último encontro Nélson foi canalha novamente. Ele esfolou a pobre menina dessa vez, a deixando satisfeita, mas sem conseguir sentar no dia seguinte. Na memória dela ficou registrado como o dia em que ela gozou de verdade.

Realmente, Nélson curtiu o momento com a Juliana, mas ele tinha que seguir seu padrão e demitiu a moça, mas não antes de registrar o seu último encontro com uma câmera escondida.

Como nada fica secreto ultimamente, esse vídeo foi assistido por todos os detentos, companheiros de cela de Eduardo, que passou duas semanas sem ver sua esposa, digerindo sua traição e deliberando sobre o castigo que ele aplicaria. Sem dinheiro para manter seu conforto, ele passou a negociar uma agenda com sua esposa, que pagaria com favores sexuais aos detentos credores. Curiosamente o valor de uma hora com ela passou a valer mais que o dobro das outras esposas, pois o vídeo a deixou famosa.

Dessa forma, ela consegui para ele um lugar de destaque

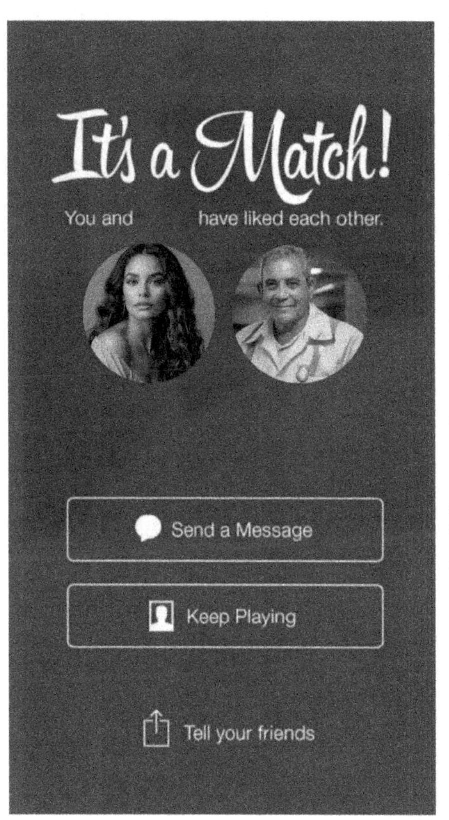

e respeito, até mesmo perante os agentes penitenciários e advogados especialistas, que trabalharam com mais atenção no caso dele, conquistando uma absolvição completa da pena, com uma filigrana jurídica. Após sair do presídio, um homem livre e ressocializado, Eduardo se separou de Juliana sem qualquer palavra ou sentimento de gratidão e seguiu com sua vida de golpes sozinho.

O CORNINHO FELIZ

O cenário perfeito para um final de semana no Rio de Janeiro, é sempre decidido em cima da hora, na família de Michele e Rubens. Um casal que vive sua amarga relação no interior da Baixada Fluminense e estavam ansiosos por esse passeio especial.

Michele, uma mulher com suas raízes em Saracuruna, trabalha fazendo e vendendo doces como um pequeno negócio que a mantém ocupada o suficiente para justificar sua negligência com a higidez de sua casa e com a educação dos seus filhos, além de suavizar o impacto do custo de seus caprichos no orçamento familiar.

Rubens é um técnico de manutenção numa indústria de polímeros, mas nas folgas ele se entrega à sua paixão por consertar carros antigos. Juntos, eles têm três filhos, que preenchem suas vidas com desafios diários de paciência e abnegação.

Rubens, 51
3 km de distância
Entre máquinas e polímeros, minha vida é um equilíbrio delicado. Corno manso, avarento e preguiçoso. Quem mais quer ser a engrenagem que falta nesse cenário?

A viagem foi cuidadosamente planejada em dois dias, terça-feira e quarta-feira, que antecediam um feriado prolongado, por Rubens e seu amigo David, que deveriam trabalhar um plantão durante o feriado, mas planejaram deixar com antecedência as famílias instaladas na casa cedida por um casal de velhos amigos de infância de Rubens, Abraão e Dona Quiçá. Esse simpático casal anfitrião é conhecido por sua pensão de comida mineira, que atrai os viajantes famintos da Praia do Peró, em Cabo Frio. A promessa foi um feriado de descontração, conversas e, claro, muita comida saborosa.

Então chegou a quinta-feira, na cozinha, Michele e Bela, a esposa de David, preparavam lanches para a viagem. A casa estava cheia de risadas e a euforia enchia o ambiente. As crianças brincavam animadas, enquanto Rubens e David conversavam sobre manutenção preventiva de carros e os planos para os próximos dias.

Michele parecia curtir toda aquela animação, mas sua mente estava em outro lugar naquele momento. Ela mal podia conter a ansiedade que a consumia desde que começaram a fazer os planos para o final de semana. Enquanto o marido Rubens estava ocupado conversando com David, Michele aproveitou a distração de todos para pegar seu celular e verificar a localização de Júlio, seu contatinho da Região dos lagos.

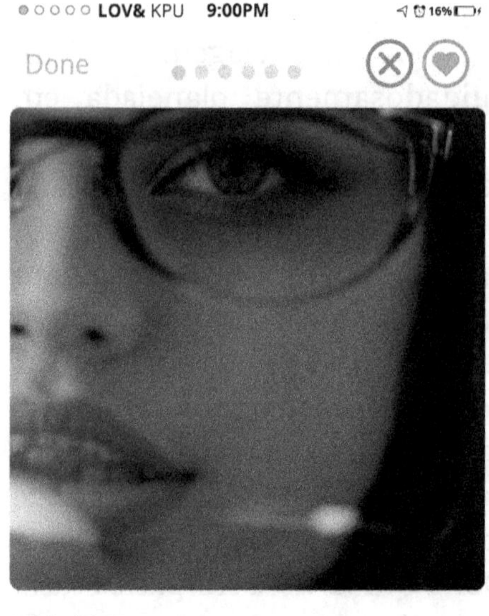

Júlio é um antigo caso que ela mantinha em segredo até aquele feriadão. Ele estava na lista de contatos como um simples fornecedor, para evitar suspeitas. Na verdade eles se conhecem desde antes dela ter se casado, mas atualmente a distância entre eles impede uma maior aproximação com a frequência que eles desejam. Ultimamente passaram muito tempo conversando, pois ela tem se sentido negligenciada pelo marido.

Conforme Rubens planejara, eles saíram de manhã bem cedo para evitar trânsito intenso, cada família em um carro e com os bagageiros tão cheios, que pareciam estar de mudança definitiva. No banco de trás estavam os travesseiros, o ventilador, a panela elétrica e as crianças, cada uma com um telefone na mão, jogando jogos barulhentos sem paradas por três horas na estrada, a chegada foi comemorada com uma cerveja gelada e todos queriam falar ao mesmo tempo, enquanto desembarcavam as malas.

Muita conversa e animação, o som alto de Abraão dominou o ambiente, enquanto dona Quiçá preparava uma feijoada para a recepção dos amigos. A noite, enquanto todos se preparavam para descansar, Michele se isolou do grupo e ficou um bom tempo numa conversa online, Bela surgiu ao lado dela e viu a amiga em atitude suspeita, mas não disse nada. Michele disse, que estava conversando com Xanda, a esposa de Walter, um dos primos de Rubens, desconfiando que Bela havia reparado que ela estava conversando em um aplicativo de relacionamento.

Na sexta-feira, Rubens e David saíram para o trabalho às quatro horas da manhã, tinham muita estrada pela frente e foram juntos no carro de Rubens. Pouco depois, por volta das sete horas, Bela acordou com a presença de Michele na cozinha, que mesmo sendo cuidadosa para não fazer barulho, o cheiro de seu café atraiu sua amiga, que reparou como ela estava arrumada.

Demonstrando insatisfação em seu relacionamento, Michele falou para Bela sem refletir:

– Estou marcando com um contatinho aqui.
– Desde que surgiu a ideia desse passeio, eu sabia que Rubens trabalharia na sexta-feira, como sempre.
– É meu dia livre das ignorâncias dele e eu vou fazer o que ele já não faz. O Júlio está há apenas 3 quilômetros daqui.

Ela havia marcado um encontro secreto, afinal, era o único motivo para ter saído de casa. Bela no momento ficou cética com a possibilidade do que Michele estava dizendo ser real, mesmo assim advertiu:
– Isso vai dar merda! – Sem querer se envolver nos assuntos pessoais da amiga.
– Vai dar merda nada! Ninguém sabe, só você. – Retrucou Michele.
– Eu não estou sabendo de nada. Exclua-me desse rolo aí. – Replicou Bela, ainda sem acreditar que Michele levaria aquilo até o fim. Michele percebeu o ceticismo de Bela e explicou:
– O Rubens é o tempo todo ignorante, tudo é motivo para uma provocação, fica testando minha paciência, ele não me come, ele é brocha, só quer saber de encher o quintal de velharias, às vezes esquece que tem casa, ele pede pra ser corno, ele gosta de ser corno!

Bela, sabiamente nessa hora, respondeu de forma curta: – É complicado. Me dê licença que eu vou voltar a dormir. – Não por ter ficado sem palavras na hora, mas porque percebeu que já está sabendo demais, para quem quer ficar de fora de assuntos alheios.

Por volta das dez horas da manhã, Bela acordou novamente e foi até a cozinha de Dona Quiçá para perguntar se ela precisava de ajuda, que aceitou prontamente a gentileza.

Naquela manhã o carro de Dona Quiça quebrou na primeira curva, logo que saiu de casa para ir ao mercado, atrasando toda o trabalho. Ela, como boa devota da Paróquia de Nossa Senhora da Assunção, reparou em Michele saindo logo depois do marido e desconfiou. Ficou o tempo todo indagando a Bela sobre o paradeiro da amiga. Bela, sem querer se envolver, só respondia:
– Acabei de acordar e não sei de nada.
– Mas ela é sempre assim, deixa os filhos contigo e some? – inqueriu Dona Quiçá, achando que Bela e Michele estavam de conluio para algo errado.
– Não, eu nem sabia que ela tinha saído e que os meninos estavam largados, é melhor a senhora perguntar pra eles se eles sabem onde a mãe deles foi. – Disse Bela.

As horas foram passando e o constrangimento ficou evidente entre elas. A conversa mudou o rumo para trocas de receitas e conversas sobre pedidos estranhos de clientes, pois ambas não sabiam do paradeiro de Michele. David chegou Por volta de duas da tarde, e Bela o chamou no quarto e diz revoltada:
– eu quero voltar para casa agora, não dá mais pra continuar aqui.
– Michele é uma puta e por isso ela se dá tão bem com a Xanda, que é outra puta igual a ela.
– Mas por que você está falando isso? Ela te fez alguma coisa?– Perguntou David.
– Quando a gente chegar em casa eu te explico, aqui eu não vou falar nada.– Completou Bela.

David chegou cheio de expectativa e, sem saber o que aconteceu, não quis sair antes de perguntar ao casal dono da casa, se eles sabiam o que estava acontecendo. Para ele, as duas estavam se dando tão bem, que seria impossível elas terem se desentendido num lugar tão maneiro, com as condições tão favoráveis.

A decisão de Bela foi uma surpresa, Dona Quiçá achou que seria pela desconfiança demonstrada, então pediu a Abraão que tentasse convencer ao jovem casal a aproveitar o fim de semana e deixar os problemas alheios para os responsáveis resolverem.

Nesse exato momento, chega Michele, com sua expressão de inocente e curiosa, perguntando mentalmente o que está acontecendo. Sem se dar conta de que seu ar de leveza, seu caminhar com as pernas levemente abertas, sua pele reluzente e seu cabelo molhado eram fortes indícios que ela esteve metendo, e muito.

Dona Quiçá, percebendo o ocorrido, tratou o assunto com a elegância típica de uma comerciante, um sorriso suave no rosto e os xingamentos na mente, sem evitar de falar pelas costas, pois ela acreditava que era mais que merecido. Ela convenceu Bela a ficar e aproveitar, ignorando a cara de cu, que Michele adotou como persona para esse passeio.

Com tudo resolvido, a calmaria voltou ao litoral e parecia que na Praia do Peró só existiam duas pessoas felizes de fato, Abraão e David, tanto por não saber o que estava acontecendo, quanto por realmente não ser da conta deles. Desde já, iniciaram os trabalhos da alegria masculina, comemorando o nada, a simples alegria de estar em um bom lugar, com um som bem alto, uma cerveja bem gelada, às vezes um karaokê e mulheres dedicadas e zelosas.

A noite chega e com ela Rubens, com aspecto transtornado, como se soubesse que Michele tinha feito algo, talvez um dos filhos o tenha informado, quem sabe até a própria esposa, numa tentativa de defesa preliminar. Ninguém se importou, Abraão e David estavam bêbados e cansados e o que restava da noite só sugeria um descanso.

No sábado de manhã, David levou as crianças, Bela e Michele para uma volta na praia. Rubens não quis ir, falou que estava muito sol. Ao saber do comportamento de Bela, Michele ficou quieta em relação ao ocorrido, pois ficou evidente que nem para David ela havia contado sobre a conversa que tiveram. Ela tentou inutilmente extrair o que ele sabia, chegou até a sugerir que ele levasse Bela ao motel em que ela havia estado com seu contatinho, dizendo que havia visto chamadas de propaganda nas redes sociais e que ele deveria ter um tempo livre com sua esposa, longe das crianças, para relaxar.

A tarde passou, a noite chegou e o clima permanecia tenso entre Rubens e Michele. Só não houve violência física. Entre provocações e acusações, Rubens passa tanto dos limites que David interveio em favor de Michele, ainda acreditando que rolou somente um desentendimento entre amigas por questão de opinião. Rubens, por outro lado, parecia ter experiência no assunto e afirmou que independente do que tenha acontecido, a culpa foi da Michele.

Após esse episódio, na madrugada de domingo, Rubens e sua esposa aproveitaram que as crianças estavam dormindo e foram para a beira do mar discutir à vontade. Num tom indignado, ele pegunta a ela:

- Você está vendo a merda que fez?

- Agora você conseguiu me desmoralizar entre os meus amigos.

Michele responde:

- Ninguém vai ficar sabendo, meu corninho manso. A bela não vai falar nada, veja o David, nem pra ele ela contou. Fique tranquilo

que do seu chifre, cuido eu! – entre risos debochados.
– Quando voltarmos, a gente fica um bom tempo sem aparecer que eles esquecem.

Ainda chateado, ele cobra dela um ajuste de conduta:
– Nosso acordo não é esse, eu não quero exposição.
– Quando eu te tirei dos trabalhos noturnos, você mal tinha clientes. Você tem que valorizar isso.
– Não envolva mais nenhum amigo meu nas suas aventuras.

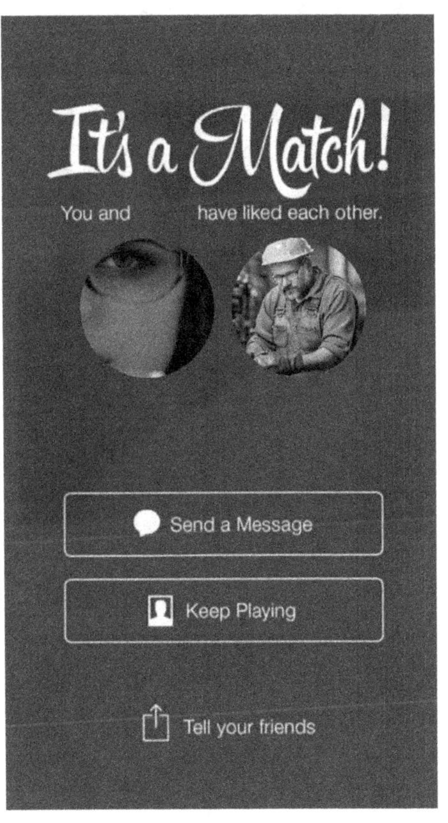

Ainda debochando dele, ela se senta na areia junto a ele e coloca a cabeça dele em seu colo e reclama:
– Eu nem me lavei, guardando pra você uma surpresa e você fazendo ignorância comigo.

Daí ela abre bem as pernas e diz:
– Chupa essa porra! Eu guardei dentro de mim a gala toda do Júlio pra você, seu puto!

A alegria voltou.

continua

XANDA É A GRANDE SERPENTE

A humilhação causada pelo drama vivido no fim de semana, na praia do Peró, serviu de combustível para aquecer o casamento de Michele, que estimulada por Rubens e a partir daquele momento, desconheceu qualquer limite moral ao seu comportamento, exceto o convívio com Bela e David. Para evitar encarar o olhar de reprovação dos amigos, que a essa altura já haviam conversado sobre o ocorrido, Michele se isolou de todos e foi conhecer o culto frequentado por Xanda, a esposa do primo de seu marido.

O culto é liderado não por uma pessoa, mas por um grupo

de autodeclarados indígenas, que bebem um chá de ervas alucinógenas e alegam ver e falar com os Espíritos Ancestrais da Terra. Eles tem um código de vestimenta, de comportamento e a obrigação da entrevista iniciática. Michele foi acolhida no grupo, parte por indicação de Xanda e parte por seu próprio mérito, pois o grupo percebeu que aquela alma neurótica, certamente estava sobre a influência do espírito da grande serpente.

Com a ausência frequente de sua esposa, Rubens procurou os amigos para assuntar, procurar uma forma de reconciliação e zerar as vacilações de Michele, que desde o ocorrido anda frequentemente com Xanda. Antes de se casar com Walter, Xanda já era amiga da ex esposa de Rubens e também foi o pivô de um inferno na vida deles, pois queria trepar com ele mas ele a dispensou.

Xanda trabalha com agência promocional de pacotes de viagens e está sempre recebendo pacotes cortesia, mas ela nunca leva seu marido, pois ele trabalha como porteiro de condomínio e nunca está disponível para aproveitar as ofertas de campanhas. Há dois meses, ela recebeu uma cortesia e, dizendo que foi viagem a trabalho, levou um funcionário para um hotel fazenda em Gravatá. O curioso é que sempre é o mesmo cara e ele nem é funcionário, mas seu marido não reclama, aliás, ele não reclama de nada. Todos conhecem o sortudo e ele até aparece em fotos de comemorações da família de Walter, ele é de casa mas ninguém sabe o nome dele, só o apelido que é Primata. Deve ser porque ele é mecânico e só vive curvado consertando os carros de Rubens.

Primata, 42
3 km de distância
Sob o capô da vida, cada problema é um desafio a ser superado. Mentiroso, comodista e desonesto. Quem mais está pronto para uma revisão completa?

Na última reunião que houve na casa de Rubens o Primata não foi, também não foram Bela e David, que apesar de terem sido convidados, acharam por bem dar o espaço de tempo necessário aos amigos para recompor o seu relacionamento. Michele não suporta a cunhada e naquela noite os sentimentos eram recíprocos, elas ficaram se estranhando e mesmo com todo alucinógeno ainda correndo no sangue de Michele, ela não conseguiu engolir a presença da cunhada, elas tanto se encararam, que começaram uma grande discussão com gritos e xingamentos, seguido de arremesso de comida e as duas terminaram no chão, puxando seus cabelos e rolando pelo quintal.

Xanda estava lá, parceira da anfitriã, lhe dando conselhos e incentivo:
– Michele, que horror, como é que você recebe a pessoa e ela vem e faz esse desaforo.
– Se fosse na minha casa eu botava ela pra fora, que absurdo.
– O que você fizer, eu estou contigo.

Ignorando completamente a presença do marido, Michele colocou toda a família dele que estava presente, pra fora, aos gritos. Impotente, Rubens acatou a decisão de sua esposa, vendo também que sua família não queria mais estar ali, mas ficou novamente tomado pela ira durante semanas. Dias depois, ele comentou tudo com David pelo telefone, expondo seu estado mental, com a certeza de que estava tratando com uma pessoa íntegra, pois guardou para si o que viu e ouviu, sem melindre, nem mesmo dar vasão a qualquer perversidade que uma pessoa sem caráter faria. Não se pode dizer que David foi justo, pois deveria ter ouvido a versão de Michele, mas ele se via apenas como amigo de Rubens e não se importava com justiça, somente com lealdade.

Rubens então se convidou a tomar um café na casa de David depois de algumas semanas. Bela sempre acompanhando tudo como uma novela, impiedosamente ela repetia os fatos várias vezes, analisando cada detalhe, emitindo laudos e pareceres da vida alheia, como se fosse especialista em comportamento autodestrutivo. David então preparou um churrasco e deixou que seu amigo contasse tudo o que ele quisesse, enquanto Bela tomava notas e expunha a opinião dela sobe os fatos, sem citar em momento algum a conversa que ela teve com Michele, na manhã em que ela se encontrou com Júlio, pois ela nunca soube dos segredos entre Rubens e a esposa e por acreditar que a decisão no rumo da relação de um casal deve ser tomada pelo próprio casal, sem interferência externa, e ela não queria ser responsável pela separação de ninguém.

A conversa entre Bela e Rubens foi interessante, ambos tinham suas certezas em relação a Xanda. Ela sempre que bebe passa da conta, senta no colo de qualquer homem presente e descaradamente ela se insinua e se esfrega neles como dançarina de pole dance. David já foi assediado por ela e por isso Bela não a tolera, mesmo sabendo que Xanda estava bêbada. Rubens tem seu repúdio por ela, com origens no passado, como ele havia dito. Também porque foi ela que levou Michele para esse culto de gente doida, como ele diz. David, apesar de ouvir tudo, suspeitava que a revolta que o amigo sentia, uma hora passaria e dentro em breve ele estaria junto de sua esposa novamente, e se Xanda oferecesse um pacote de viagem promocional, ele fingiria demência e

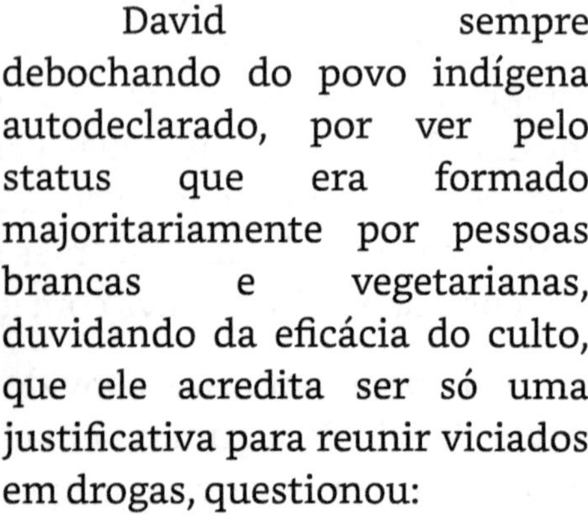

aceitaria sorrindo.

David sempre debochando do povo indígena autodeclarado, por ver pelo status que era formado majoritariamente por pessoas brancas e vegetarianas, duvidando da eficácia do culto, que ele acredita ser só uma justificativa para reunir viciados em drogas, questionou:

– Você já pensou em ir com elas nesse culto alguma vez?

– Eu fico curiosos em saber o que eles fazem lá. Ela te conta?

Rubens então responde, dando razão à observação de David, quanto a composição do grupo:

– Eu nunca vou me misturar com um grupo de drogados, meu pai, depois que descobriu o caso entre minha mãe e o vizinho, lá em Paulino Neves, no Maranhão, se acabou nas drogas, antes de voltarmos a morar aqui.

– Michele fala que há um controle, que a dose do chá é administrada por uma pessoa responsável, que avalia a necessidade de cada um, individualmente, mas comentou que lá algumas pessoas, durante o intervalo, fumam maconha e cheiram cocaína.

– No começo, ela ia e voltava no mesmo dia, mas depois da confusão lá em casa, ela e Xanda só voltam no dia seguinte.

– Xanda a convenceu que o melhor pra ela é me largar, mas ela mesma não larga o Walter. Só a otária da Michele que não vê que está fazendo papel de trouxa.

– A casa fica largada e as crianças passando fome, enquanto ela fica viajando na onda do chá mágico.

– Ela falou que vai sair de casa, só me pediu um tempo para ela arrumar um aluguel barato. Agora ela está vendendo doces para os maconheiros que devoram tudo no culto.

Nesse momento, Bela se mete na história e diz:
– Se ela está pensando que o dinheiro que ela faz com os doces será suficiente para pagar luz, água, aluguel, comida, roupa e ainda ficar pagando de adolescente drogadinha, ela está fodida.
– A não ser que você pague uma boa pensão para ela.

Rubens respondeu:
– A pensão é para o alimento das crianças e eu vou pagar em cestas básicas. Eu já avisei isso pra ela.

Dando razão ao amigo, Bela com sua mania, retomou todo o assunto desde o início e foi analisando novamente cada detalhe do que foi dito, de novo e de novo, até que Rubens decidisse ir embora, destruído moralmente. Após a partida do amigo, David refletiu com Bela:
– Bela, você reparou que essa coisa de chifre é herança de família, que está no sangue? Ora, o pai foi corno lá na casa do caralho, ele é um corno e eu acho que ele sabe, o primo também e as irmãs são vagabundas dissimuladas.
– Depois de saber que ele não vai dar moral pra ela, caso ela saia de casa, duvido que ela saia.
– Eles vão conversar e se acertar.
– Tenho certeza, ele é mão de vaca e vai fazer exatamente o que falou.

– É complicado.– Disse Bela.

Depois da conversa com os amigos, Rubens decide dormir na casa de um funcionário da empresa até ela devolver a chave, é bem melhor que viver em confusão constante lá com ela. Foi o fim das provocações. Uma semana de paz. Tempo suficiente para Michele cair na real e perceber que não daria conta de bancar sua ameaça. Ela então achou que deveria aumentar a produção de doces para manter seu padrão de vida, foi na tentativa e erro que ela descobriu que existe um limite no consumo, independente da produção. Enquanto isso, Rubens estava começando a gostar da rotina de solteiro.

Da mesma forma que David supôs, Michele também sabia que Rubens faria exatamente como prometera, isso a deixou transtornada. A ideia dela não era se aproveitar do dinheiro para alimentação dos seus filhos, ela imaginou que seu ex manteria o seu padrão de vida. Foi demais para a cabecinha ingênua dela, que num primeiro momento irrompeu num ataque de fúria, com dezenas de ligações aos berros, xingando e rogando pragas indígenas autodeclaradas, e terminando como sempre dizendo:
– você nunca mais vai me comer.

Após dias sem definição, sem encontrar um aluguel que coubesse em seu desafiador orçamento, Michele previsivelmente, mudou sua abordagem. Ela ligou para o marido e falou com calma, logo depois de acordar para a voz ficar mais dramática, e assumiu parte da responsabilidade pelo fracasso na relação, para em seguida tentar negociar um valor favorável para a pensão. Obviamente, Rubens avaliou em segundos seu ardil, mas admirou a capacidade de sua esposa em se humilhar para conquistar algo. Nesse momento ele agiu com o coração e, acreditando que a proximidade do aniversário dela traria mais juízo com a idade, ele propôs um encontro para discutir essa questão. Ele imaginava até uma reconciliação para ficar mais barato.

Na véspera do seu aniversário, Michele convida Bela e David para um evento informal que ela e Xanda estavam preparando, num bar em Magé, bem distante. Imediatamente os amigos disseram que não iriam. Na noite do evento, enquanto Walter estava na portaria do prédio em Niterói, Xanda estava com Primata em Magé, toda solta, Júlio também não pode ir, mas isso não foi problema, o APP de Michele estava cheio de Match e ela sorteou um para o seu evento. Ela não contava com a presença de Rubens, ele deveria estar em Campos Elísios, mas ele foi. Apareceu e viu sua esposa sentada no colo de um desconhecido,

ele conseguiu reparar nas feições de todos os presentes, o olhar de espanto, reprovação, ironia e principalmente o olhar de Xanda de escarnio, foi a gota de desgraça que fez o caldo de confusão entornar. Após alguns segundos de ameaças e puxões ao desconhecido, Rubens foi expulso do estabelecimento, não antes de ouvir o ultimo insulto de Michele, com um sorriso falso no rosto e aplaudindo:
– Está de parabéns, é mais brabo brigando do que me comendo. Me fodendo você demora menos!

Imediatamente ele foi para casa emprestada com vergonha de si próprio e ligou para David, que com sábias palavras colocou a culpa de tudo na bebida. Ele convenceu a Rubens que ele deveria insistir em dialogar com Michele, que se ele realmente a amasse ele conseguiria reverter a situação. David, como um companheiro leal, imaginou que se Rubens ainda estava aceitando conselhos sob sua relação, seria porque ainda não tinha se fodido o suficiente para tomar uma decisão tão importante, e ele não queria ver o amigo se ferrar na mão de outra oportunista. Bela, como no início, não quis influenciar na relação alheia.

Rubens aceitou o conselho do amigo e foi para a sua casa aguardar a esposa chegar. Demorou bastante mas ela chegou, curiosamente receptiva, completamente bêbada e de forma automática, ela nem escutou ele se desculpando por ser um corninho mau, se jogou logo na cama com as pernas abertas, dava pra ver que ela estava sem calcinha e toda babada, falando com a língua pesada:
– Chupa essa porra! Eu guardei a gala toda dentro de mim pra você, seu puto!
– Aproveite que é um novo sabor!

A alegria voltou no olhar de Rubens e para disfarçar sua alegria, ele marcou um churrasco para assistir a um jogo de futebol, com som alto e telão, com a presença de todos, incluindo Júlio, Primata, Walter, David, Bela, Abraão e dona Quiçá.

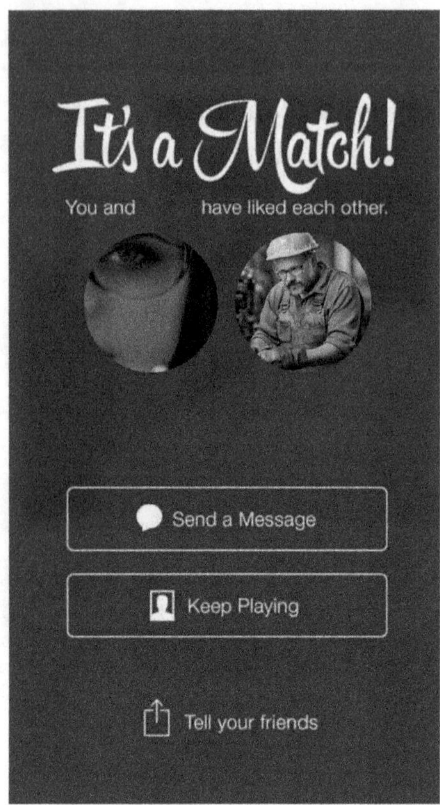
It's a Match!
You and have liked each other.
Send a Message
Keep Playing
Tell your friends

HERANÇA DE FAMÍLIA

Tino cresceu na pacata cidade de Vilhena, no estado de Rondônia, alheio a muitas coisas que aconteciam na sua vizinhança. Um lugar de estradas de terra batida, não tão quente quanto Cacoal ou Ji-Paraná, mas tão abafado quanto. Quando criança vendia hortaliças na feira do centro e sempre foi batalhador. Largou a escola muito cedo para auxiliar o orçamento da sua família, seus cinco irmãos e sua mãe, que ficou em precariedade depois que seu pai sucumbiu para a malária.

O rapaz tem um sorriso fácil e personalidade amigável, conhecido por todos como um camarada de bem com a vida. Seu trabalho como segurança de um importante terreno da FUNAI mantinha-o ocupado, mas em seus dias de folga, ele tinha outra responsabilidade: cuidar de uma chácara modesta na qual ele passou a morar de favor, enquanto trabalhava como caseiro, logo

LOV& KPU 9:00PM

Done

depois que sua mãe conseguiu se aposentar e se mudou para o outro lado da rodovia 364.

Foi em uma de suas visitas familiares, que ele encontrou no mercado da avenida Major Amarantes, uma doce e bela moça, bem jovem, de belas formas, impossível estimar a idade, pois, apesar da dureza que a vida lhe impunha, ela emitia uma luz com sua formosura, que atraía os olhares não só dos carreteiros de gado, que lotavam a cidade, mas também de Tino, que não perdeu tempo e a chamou para um passeio, no centro de exposições.

Prontamente ela aceitou e o rapaz estava tão absorvido pelo viço da moça, que desde aquele momento, não conseguia se afastar. Querendo permanecer em sua companhia, se ofereceu para ajudá-la com suas compras, mas ela recusou por que ficou envergonhada e somente nessa hora eles lembraram de se apresentar.

— meu nome é Rosi e a gente se encontra lá às sete da noite. — disse ela apressada, se afastando ligeiramente. Tino no instante duvidou que ela iria, mas conforme as horas se passaram sua fé na sorte aumentava numa razão diretamente proporcional.

Rosilene Janainauá, carinhosamente chamada de Rosi, é uma jovem de espírito livre e coração generoso e vem de uma família muito pobre, de três mulheres: sua mãe Marli e sua irmã Rassissín. Marli, uma mulher batalhadora, que faz trabalhos de faxina para garantir o básico para a família. Uma tarefa árdua que

LOV& KPU 9:00PM 16%

Rosi, 34

3 km de distância

Explorando a matemática da vida com uma pitada de mistério. Egoísta, insensata, e volúvel, mas quem sabe você pode ser a variável que equilibra a equação?

ela iniciou ainda jovem, com apenas quatorze anos, após ter sido abandonada ainda grávida, no quinto mês de gestação, pelo pai da Rassissín Janainauá, sua primeira filha.

Marli, quando era jovem, atraía a lascívia dos machos que trafegavam pelas rodovias de Vilhena, com os quais aprendeu a duras penas as sagacidades da vida na pista, legado que ela fazia questão de não deixar para suas filhas. Quando Rassissín completou três meses de nascida, Marli descobriu que estava grávida de Rosi, reiniciando o ciclo de amargura. Muitas pessoas a julgavam, poucas ajudavam, mas quando a situação apertava, Marli tinha um contato, que ela corria para um telefone público e fazia uma chamada a cobra, somente nesses casos de não ter sequer o que comer, daí aparecia um homem num carro, ela entrava e horas depois ela retornava com sua cesta básica, às vezes era um botijão de gás, mas sempre foi o suficiente para estabilizar sua vida.

A ligação entre Marli e o seu macho pagante é um segredo deles, e as razões por trás desses encontros periódicos é um dos mistérios que mais intriga a cidade de Vilhena, alimentando especulações e perguntas não respondidas.

A vida de Tino e Rosi, como a maioria das histórias de amor, começou em circunstâncias modestas. Eles se conheceram no mercadinho do bairro, onde o destino os uniu. Naquele momento, Tino procurava comida congelada para levar para o

trabalho, enquanto Rosi fazia suas compras com uma preocupação financeira constante e com vergonha e medo do bom rapaz descobrir como era a realidade dela. Apesar das dificuldades iniciais, uma faísca de interesse surgiu entre eles.

Com o tempo, o relacionamento entre Tino e Rosi evoluiu, ela passou a frequentar a chácara onde ele morava e em pouco tempo de relacionamento, a euforia de início de namoro fez crescer em Tino o amor por Rosi, que embora tivesse certeza da sinceridade dele, ficou novamente com medo e insegura para tocar no assunto sobre sua desconfiança de que estava grávida. Inevitavelmente, eles descobriram e a alegria do rapaz contrastava com a decepção da menina.

Marli, mãe de Rosi, que por muito tempo enfrentou dificuldades para sustentar a família, finalmente encontra uma razão para celebrar. A notícia da gravidez de Rosi significou que sua filha seria sustentada por Tino, aliviando a sua carga no orçamento. Marli abençoou essa união com todo o seu coração, esperando que Rosi tivesse uma vida melhor do que a dela.

A rotina após a gravidez trouxe mudanças significativas em suas vidas. Tino assumiu o papel de um pai dedicado, garantindo que nada faltasse a sua família. Ele trabalhou arduamente como segurança até conseguir comprar com muito esforço a casa onde morava na chácara. Nessa chácara, ele planejou aumentar a sua humilde casa, onde construiria um lar com sua esposa, enquanto Rosi, após se tornar mãe, assumiu o papel de cuidadora e dona de casa.

O nascimento de Yasmim, a filha de Tino e Rosi, foi um momento de imensa alegria e significado. Apesar dos desafios que enfrentavam, a chegada do bebê trouxe um novo propósito às suas vidas.

Para Tino, segurar sua filha nos braços pela primeira vez foi um daqueles momentos que ficam gravados para sempre na memória. Sua expressão de orgulho e amor ao ver Rosi com Yasmim nos braços era indescritível. Ele estava determinado a ser o melhor pai possível e oferecer a sua filha um lar cheio de amor e cuidado.

Rosi, embora enfrentasse as dificuldades inerentes à maternidade, estava encantada com sua pequena Yasmim. A bebê, com seus olhos curiosos e sorriso adorável, era a luz de suas vidas. Rosi, com seu jeito materno e amor incondicional, mergulhou de cabeça na criação de Yasmim. Ela trocava fraldas, alimentava e ninava a bebê com um carinho sem fim.

No entanto, a vida não ficou mais fácil para o casal após o nascimento de Yasmim. As noites sem dormir, as tarefas domésticas e a responsabilidade de criar uma criança pequena testaram seus limites. Ainda assim, Tino e Rosi enfrentaram esses desafios juntos, fortalecendo o vínculo que compartilhavam.

Tino continuava trabalhando como segurança, mantendo-se firme em seu compromisso de garantir que sua família tivesse o suficiente para viver com dignidade. Ele estava sempre disposto a ajudar Rosi nas tarefas da casa, compartilhando responsabilidades para que ela não se sentisse sobrecarregada.

Rosi, por sua vez, estava empenhada em ser uma mãe dedicada e carinhosa. Ela lia histórias para Yasmim, cantava canções de ninar e, com o tempo, voltava a sonhar com o futuro.

Seu desejo de se tornar professora, um sonho acalentado desde a infância, ressurgia com força total.

A chegada de Yasmim trouxe desafios financeiros, mas também inspirou Rosi a lutar por um futuro melhor. Ela se matriculou em um curso pré-vestibular, estudando durante as raras horas de folga que tinha. Seu objetivo era ingressar na faculdade e realizar seu sonho de ser professora.

Rosi precisava mais que o básico ofertado por Tino para atingir seus objetivos. Pelos cálculos dela, ela necessitaria de uma considerável quantia para a condução até a faculdade, alimentação durante as aulas, uma babá para Yasmim e para o material de apoio. Ela visitou sua mãe e mostrou seus cálculos e a convenceu a compartilhar o contato do macho pagante, e por SMS fez-lhe uma proposta.

Esse homem, aparentando ter por volta dos quarenta anos, possuía uma aura enigmática que deixava todos curiosos. Ele sempre dirige um carro deslumbrante, um modelo de lançamento de cada ano, que reluz como um diamante nas empoeiradas ruas locais.

As aparições do homem são marcadas por um padrão peculiar: ele estaciona seu carro impecável nas proximidades do bairro, abre a porta do veículo e convida Marli, a mãe de Rosi, para acompanhá-lo. Marli, de alguma forma, confia nesse estranho e aceita o convite sem hesitação. Rosi, por sua vez, também não hesita quando ele atende ao seu chamado.

Duas horas depois, quando o carro misterioso retorna, Rosi volta carregando sacolas de compras do mercado, e agora finalmente conseguiu o financiamento para o seu projeto de vida. O que Marli faz em troca sempre foi uma fonte de especulação e curiosidade para os vizinhos, que testemunham essa rotina intrigante há anos. Imagine o que dizem dos encontros mensais com Rosi.

Enfim a determinação incansável de Rosi a fez alcançar seu sonho de se tornar uma professora de Matemática. Após anos de estudo árduo, ela conseguiu aprovação em um concorrido concurso público. O sentimento de realização a inundou quando ela se viu diante de uma sala de aula, ensinando jovens ávidos por conhecimento.

Seu salário como professora era substancialmente maior do que o que ela administrava anteriormente, e isso trouxe uma mudança significativa na dinâmica financeira da família. Infelizmente, essa mudança também teve um impacto inesperado no relacionamento entre Rosi e Tino.

Tino, que havia sido um marido amoroso e de apoio, passou por uma fase difícil em seu trabalho. Ele perdeu seu emprego e, com a economia instável, teve dificuldade em encontrar uma nova oportunidade que coincidisse com seu histórico de trabalho.

Enquanto Rosi ascendia em sua carreira e agora ganhava mais que Tino, a dinâmica do casal começou a mudar. Rosi, embora amasse profundamente seu marido, começou a se sentir superior devido à diferença salarial e à sua recém-descoberta independência financeira. Isso a levou a expressar seu descontentamento em ter de participar como provedora principal do lar, de maneira que antes nunca havia feito.

Ela começou a menosprezar Tino por não ter frequentado a faculdade, questionando suas escolhas de carreira e sugerindo que ele poderia ter evitado a demissão se tivesse um diploma. Suas palavras feriam o orgulho de Tino, que se esforçava para encontrar um emprego adequado para sua família.

Enquanto Rosi ascendia em sua carreira, trabalhando e ganhando mais, ela também mantinha seu compromisso mensal, recebendo a ajuda do macho pagante, assegurando o conforto de Yasmim. Esse segredo ela guardava a sete chaves, e era uma sombra constante sobre seu casamento.

Tino, determinado a contribuir financeiramente para sua família e aliviar a tensão em seu casamento, buscou emprego incansavelmente. Finalmente, ele conseguiu um trabalho como vigilante em uma empresa de mineração, embora seu salário fosse inferior ao de Rosi.

Depois de anos de dedicação aos estudos e ao crescimento de sua carreira, Rosi finalmente alcançou o que muitos considerariam um sucesso notável. Como professora de Matemática, ela conquistou seu espaço na escola onde lecionava, seus alunos a admiravam e seus colegas a respeitavam. Ela comprou um carro, um símbolo tangível de suas realizações, e conseguiu que Yasmim conquistasse uma vaga na faculdade de enfermagem, o que enchia seu coração de orgulho.

No entanto, à medida que Rosi evoluía, sua relação com Tino começou a desmoronar. A diferença de renda e o segredo que ela guardava sobre o macho pagante criavam uma tensão constante em seu casamento. Rosi se sentia cada vez mais independente, enquanto Tino lutava em um emprego que não remunerava tão bem quanto a nova realidade de sua esposa.

A pressão financeira e emocional tornou-se insustentável para Rosi. Ela não conseguia mais ignorar as crescentes desavenças entre ela e Tino. Apesar de ainda amá-lo profundamente, ela começou a acreditar que a separação poderia ser a melhor solução para ambos.

Um dia, após semanas de reflexão e angústia, Rosi tomou uma decisão que mudaria drasticamente o curso de sua vida e de sua família. Ela decidiu chamar Tino para uma conversa franca e difícil. Rosi sabia que essa conversa seria dolorosa, mas acreditava que era a única maneira de seguir em frente.

No momento em que ela compartilhou sua decisão de se separar, Tino ficou atordoado e furioso. Ele não podia acreditar no que estava ouvindo. A notícia da separação o atingiu como um raio, e ele não conseguiu conter sua raiva e desespero.

A discussão que se seguiu foi intensa e carregada de emoção. Tino, magoado e confuso, começou a gritar, chamando a atenção dos vizinhos. Preocupados com a situação, alguns deles correram para ajudar a acalmar o bom homem. Mas Rosi estava decidida a seguir em frente com a separação, ela e Yasmim haviam alugado um lugar para morar, um refúgio longe da casa que compartilhava com Tino. Com a decisão tomada, elas saíram sem levar nada, exceto a certeza de que estavam fazendo o que acreditavam ser o melhor para suas vidas.

Quando chegaram ao novo lar, foram recebidas por alguém inesperado, João, um professor da mesma escola onde Rosi lecionava. Ele e Rosi já haviam compartilhado mais do que apenas o ambiente de trabalho; algo estava acontecendo entre eles há algum tempo.

Enquanto Rosi e Yasmim se adaptavam à vida em um novo lugar e lidavam com as despesas do aluguel, Rosi começou a sentir a pressão financeira crescer. Embora seu salário fosse considerável, a faculdade de enfermagem de Yasmim era um compromisso financeiro significativo.

Foi nesse momento que Rosi tomou uma decisão que, de certa forma, a assombraria. Ela decidiu apresentar Yasmim ao macho pagante que havia desempenhado um papel discreto, mas vital, em sua vida financeira por tantos anos.

Yasmim, alheia ao segredo de sua mãe, concordou em encontrar o macho pagante, que entrou em contato por um aplicativo. Ele a levou para um local desconhecido e retornou duas horas depois com a mensalidade de Yasmim paga e um novo compromisso mensal firmado. A jovem, com os seus dezenove anos recebia sua herança de trabalho moderado e altos ganhos.

Yasmin, 19

VACILÃO NÃO TEM PERDÃO

As pessoas fazem as coisas acontecerem quando querem, mas às vezes é o chifre que realiza prodígios inimagináveis.

Débora é uma mulher peculiar da tranquila cidade de Valinhos, interior de São Paulo. Ela, uma mulher jovem e simpática, trabalha como atendente em uma cabine de pedágio da cidade, onde seu dia a dia é marcado pela rotina rigorosa. Seu turno começa por volta das 12:00, e entre carros e pagamentos de pedágio, ela passa a maior parte de suas horas de trabalho.

Ela tem o hábito de almoçar sua marmita na cabine, mantendo interações curtas e objetivas com os motoristas que passam por sua cancela. O expediente termina às 21:00, e somente por volta das 22:00 ela consegue retornar para casa.

Seu cotidiano é permeado por tarefas domésticas e o cuidado com Bino, seu marido. Apesar de sua exaustão após longas horas na cabine de pedágio, ela se dedica às responsabilidades do lar, como preparar o almoço do dia seguinte. À noite, enquanto ouve Bino compartilhar as histórias do dia, ela encontra forças para cumprir com suas obrigações familiares.

Bino, é um homem mais jovem que Débora, irresponsável e mulherengo, trabalha como motociclista de entregas. Seu trabalho, não é estável e a dedicação dele faz com que a renda seja miserável, o que frequentemente causava atritos entre o casal.

A harmonia entre eles foi abalada por um pedaço de bolo, Débora, num momento de descuido com o preparo da sua marmita, ficou seriamente indisposta após a sobremesa, cuja manipulação distraída, contaminou o bolo. Esse mau estar fez com que saísse mais cedo do trabalho e presenciasse uma cena que acabou com sua confiança em Bino e a mudou para sempre. O que parecia ser uma reviravolta em seu intestino, revelou-se como o ponto de partida para uma revolução em sua vida.

Ao chegar em casa, ainda abatida pela disenteria, Débora viu sua vizinha Gleisi, saindo apressadamente de sua casa. Essa é uma mulher conhecida no bairro por sua falta de escrúpulos e pela

Bino, 36
3 km de distâncica

Nas ruas do bairro, cada curva é uma nova história.
Traidor, egoísta e prepotente. A fama me precede, mas quem está pronto para um passeio na garupa da minha vida?

tendência a se oferecer para os maridos das outras mulheres do bairro. Essa imagem atípica marcou o início da jura de vingança de Débora.

Num primeiro momento, ela optou por fingir que não havia visto nada, sentindo-se demasiadamente fraca e indisposta para confrontar Bino naquele momento. Porém, a sensação de traição e engano a corroía por dentro. Ela passou a reviver essa cena em sua mente repetidas vezes, como um filme que não parava de rodar.

Nos dias seguintes, Débora continuava a ruminar esses sentimentos em silêncio, xingando Bino mentalmente. Cada oportunidade que Bino dava, ela espiava seu telefone, registrando cada mensagem, ligação e conversa em redes sociais. Essa obsessão pela descoberta da verdade estava lentamente alterando seu comportamento, tanto em casa quanto no trabalho.

Débora sempre foi reservada sobre assuntos pessoais, agora está mais fechada do que nunca. Ela teme as possíveis consequências de revelar a infidelidade de Bino para sua tradicional família, que desde o início de seu relacionamento reprovou aquela união. Dessa forma ela continuou a guardar esse segredo, preservando sua imagem de mulher forte e discreta.

Um motorista que frequentemente passa por sua cabine reparou a mudança em Débora. Ele parecia enxergar o que ela estava passando, ele se apresentou somente como Renato e tentou acalmá-la com palavras gentis, mas dessa forma ele tornou a vergonha que ela sentia maior do que qualquer gratidão pelas palavras reconfortantes. Débora decidiu permanecer com seu sofrimento em segredo, afastando-se dos outros e imersa em seus próprios pensamentos.

O silêncio que Débora guardou dia após dia, pesava sobre seus ombros a cada turno de trabalho. Ela continuou sua rotina na cabine de pedágio, mas sua mente estava constantemente ocupada com planos de vingança impossíveis. Noites maldormidas e pensamentos obsessivos eram sua companhia constante. Ela analisou cada detalhe das conversas e interações entre Bino e Gleisi, que ela estava interceptando há dias. Cada vez mais, percebendo que a traição de seu marido é uma realidade inegável.

Enquanto o tempo passa, Débora também se distancia de seus amigos, colegas de trabalho e até mesmo dos motoristas que às vezes interagiam com ela na cancela. A vergonha e o medo de ser exposta, tornaram o isolamento ainda maior.

Relutante em abrir-se para qualquer ajuda e ainda se sentindo envergonhada por sua própria condição, Débora se esquivava daquele motorista que parecia ler seus pensamentos, que embora os gestos fossem calorosos e acolhedores, eram invasivos aos seus assuntos de foro íntimo. Mas não passou despercebido e motivou uma curiosidade incomum, ela notou que Renato trabalhava em uma empresa de móveis pelo adesivo do logotipo no capô, ansiosa por qualquer distração que a retirasse dos pensamentos negativos, investigou mais sobre ele. Descobriu na rede, que Renato havia perdido sua esposa há cerca de um ano e meio, deixando-o com seus dois filhos. Um deles também trabalha na mesma fábrica de móveis.

À medida que Débora observava Renato, foi percebendo que ele é uma presença constante em sua vida. Ele passava por sua cabine de pedágio pelo menos duas vezes por dia, oferecendo-lhe

gentilezas e compreensão, mesmo quando ela se recusava a aceitar sua carona ou conversar sobre seus problemas. Essa presença constante de Renato começou a mudar o foco de Débora. Ela começou a reparar mais nele e, eventualmente, suas interações se tornaram menos tensas.

Cansada daquela situação, Débora focou na tentativa de colocar ordem em seu lar, imaginando que se ela soube que Gleise andou frequentando sua casa enquanto ela não estava, outras pessoas também poderiam saber. Então pediu a Bino que instalasse câmeras de segurança no portão, alegando se sentir preocupada por chegar tarde. Na verdade ela não quis largar Bino e ficar desonrada perante sua família, como uma esposa digna de ser traída.

Com essa atitude, Bino ficou cabreiro com a repentina mudança de comportamento dela e, para disfarçar sua falha moral, tentou fazer uma surpresa para Débora, a buscando na saída do trabalho, assim pagando de bom marido. Mas como de boas intenções o inferno está cheio, Débora não engolia a presença de Gleise na vida de seu marido, como um demônio atentando contra o seu lar, ficando ainda mais irada com a inesperada visita ao seu trabalho. Isso fez com que ela mudasse seu horário de trabalho, com a esperança de não ser mais surpreendida com nenhuma outra novidade.

O estigma da traição e a permanência de Bino na farra,

mesmo no horário em que ele deveria trabalhar, pesou na decisão de Débora, que sem muita certeza de sucesso, estava determinada a devolver o chifre para Bino. Num dia calamitoso de tempestade, sabendo ela que Bino poderia estar em casa com a Gleise impunemente, aceitou o apoio de Renato, que ao se aproximar da cabine de pedágio no final do expediente, notou a expressão preocupada no rosto de dela e imediatamente ofereceu ajuda. Ele sugeriu que quando ela saísse da cabine, que entrasse em sua caminhonete para evitar a chuva.

Débora aceitou o gesto gentil de Renato, que acolheu seu pedido de parar no acostamento, após passar poucos metros da cancela. Conversaram por alguns minutos sob a chuva incessante, ela passa a falar cada vez mais baixo, que para ele entender o que ela dizia, deveria se aproximar cada vez mais, então, com uma voz suave e seus argumentos apelativos, ela conseguiu deixar Renato em riste. Fez questão de mostrar a ele que ela sabia e estava aprovando, olhando fixamente em seus olhos e desviando o olhar para o volume que parecia querer sair de seu bolso, com um leve sorriso de satisfação com o resultado. Prontamente Renato a puxou do banco e a pôs sobre seu colo, se beijaram enquanto ele reclinava o banco e passaram um bom tempo ali, enquanto os vidros do carro embaçavam.

Foi naquele momento, sob a chuva que caía em uma melodia suave no teto da caminhonete, que Débora tirou toda sua roupa e sentiu que estava de alma lavada desde o início do ato. Ela não só foi a forra contra Bino, mas também descobriu uma forma de aliviar a tensão de sua rotina diária. A chuva então deu lugar a uma trégua, e Renato a deixou em casa, suada, melada e satisfeita.

Débora chegou em casa naquela tarde com uma ideia fixa, imaginando que um homem como Renato, viúvo, com os filhos crescidos, merecia uma pessoa melhor do que ela, que além de todos os problemas apresentados, na primeira oportunidade já foi tirando a calcinha. Também pensou que depois que eles treparam no acostamento da rodovia, ele não teria mais motivos para querê-

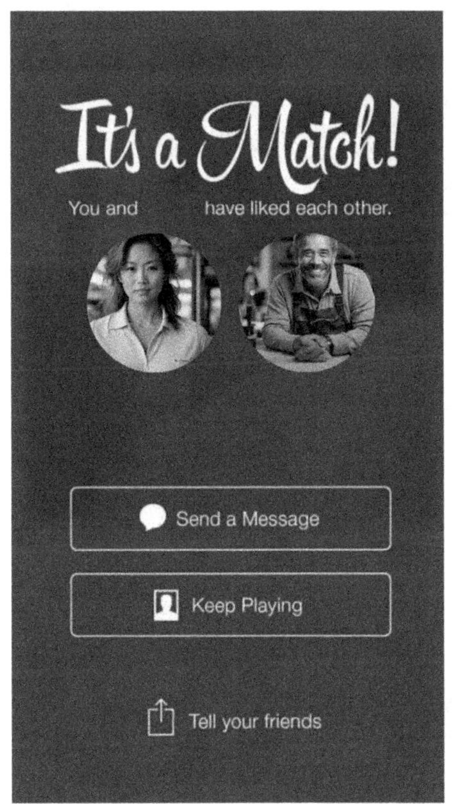

la. Renato até tentou conversar com ela no dia seguinte, mas observando a complexidade da situação em que se meteu, decidiu que era hora de se afastar temporariamente, dando tempo para Débora refletir sobre seu futuro. Ele queria que ela tivesse espaço para pensar, tomar decisões e entender seus próprios sentimentos. No entanto, a imaturidade e os preconceitos de Débora a levaram a interpretar mal essa decisão como um abandono pós-coito.

Depois de muita reflexão, Débora sentiu gratidão por Renato ter entrado na vida dela, mas diferente do que se possa imaginar, ela sentia que ele abriu uma porta para outras descobertas. Ela então fez cadastro em uma plataforma online de relacionamento para mulheres casadas e marcava seus encontros para a praça de pedágio. Desde que ela começou, não há um dia sequer em que não seja visto um carro no acostamento daquela via, com os vidros embaçados.

MARTELINHO BATE FOFO

Jequié já foi considerada a cidade mais violenta do Brasil, mas para alguns jovens que não se perdem na criminalidade e que com orgulho tocam suas vidas discretamente, essa cidade pode oferecer grandes oportunidades para negócios e lazer.

Jovilson, é um desses jovens, ambicioso, tinha um sonho de seguir carreira militar, mas sobrou por excesso de contingência, então entrou para o ramo de entregas de refeições. Seu cotidiano entre entregas é preenchido por histórias contadas por seus colegas de profissão, ora um come parte do lanche dos clientes, ora um outro diz que não achou o endereço, mas Jovilson segue na sua labuta semanal, sem nunca imaginar fazer parte dos casos contados entre os funcionários, pois ele não tem uma história nesse nível e nem quer isso para o seu currículo.

Jovilson, 21
3 km de distâncica

Em duas rodas, levo sabor e conveniência para sua porta. Empático, honesto, e respeitoso. Cara novo, trabalhando para conquistar seus próprios pedaços. Quem está pronto para uma entrega especial?

Aos finais de semana da alta temporada, ele faz serviços de guia turístico, navegador de trilheiros de Jeep, rádio operador e de vez em quando, realiza tarefas de manutenção de capelas para a catedral da cidade. Comparada a outros municípios brasileiros, Jequié é uma pequena cidade. Apesar disso, nem tudo o que acontece lá cai no domínio público, muitas coisas acontecem longe das vistas da sociedade e certos segredos, somente um homem como Jovilson é capaz de guardar.

Diariamente, passa em frente a casa de Jovilson, na Avenida Lomanto Júnior, um Senhor conhecido por auxiliar a população de baixa renda a ter acesso aos serviços de saúde municipal. Ciro, como é chamado, trabalha no gabinete de um dos vereadores da cidade e é engajado em causas sociais. É sempre visto depois do horário de expediente, em um bar próximo ao Hospital, na rua Manoel Vitorino e às vezes ele bebe demais, ele fala demais e até já acordou todo mijado, sentado a mesa do bar.

Ao longo de mais de vinte anos acompanhando a rotina parlamentar, Ciro ajudou a muita gente e por isso ele hoje conta com a compreensão das pessoas, quando ele está bêbado. Quando ele se casou com Deise, ele estava no início de sua carreira e não tiveram filhos por escolha dela, pois desde aquela época que ela trabalha como inspetora de alunos da rede pública de ensino e

LOV& KPU 9:00PM 16%

Done

Ciro, 46

3 km de distância

Nos corredores do poder, cada passo é uma estratégia. Sexualmente impotente, benevolente e preguiçoso. Quem está pronto para navegar pelos bastidores políticos comigo?

não queria colocar mais uma daquelas crianças no mundo. Nem todos os alunos foram como Jovilson, que inclusive terminou seus estudos na unidade onde Deise trabalhava.

Um dos grandes mistérios envolvendo a relação entre Ciro e Deise é contada repetidas vezes pelo marido, mas somente a partir de um certo grau alcoólico:

– Eu nunca fui corno na minha vida e nunca serei.
– A Deise me diz sempre: que depois que eu fiquei broxa é que ela se tornou mais feliz no casamento.
– Agora ela chega do serviço e vai dormir. Como uma santa.
– Isso é um caso de saúde pública e a vigilância sanitária um dia vai interditar aquela mulher.

Todos sabem, mas a maioria nem liga mais pro que ele está dizendo. Na verdade, ninguém quer para si aquele carma pesado, tampouco quer saber se é verdade o que ele fala, porque ele fica debochando e diz isso rindo sempre.

Deise já foi no bar buscá-lo nesse estado algumas noites em que ele passou muito da conta, inclusive ouviu essa mesma história também em diversas ocasiões, tanto que já nem se importa mais. Há quem diga que a missão dela é dura, mas ela chega sempre com elegância e frieza, às vezes um pouco de indiferença, mas ela não abandona seu marido largado na noite. Ela dá o suporte que ele precisa em períodos eleitorais e essa característica embriagada dele é que garante os votos para seu candidato, e a ela todo o conforto que a vida pública pode garantir aos amigos do rei.

Embora tenha o seu cargo como inspetora de alunos, ela está há muito tempo fora da rotina escolar, pois foi nomeada e participa de um esquema honesto, no qual ela passa boa parte do seu tempo visitando capelas no semiárido. Foram tantas caminhadas a trabalho, que Deise não teve como evitar de fazer uma comparação entre a cidade de Jequié, com a fase da vida que ela está passando. Quando jovem, tinha o vigor da Mata Atlântica, em todo pau que ela batia, tirava leite. Agora com sua idade, Passando pela Mata do Cipó, sua bromélia está toda aberta, mas o passarinho que entrava lá, já tem cinco anos que não é visto e está ameaçado de extinção. Ela fica imaginando que a próxima fase é a Caatinga, frágil, seca e cheia de espinhos pelo caminho.

LOV& KPU 9:00PM 16%

Done

Deise, 46

3 km de distâncica

No mundo dos livros e da educação, cada capítulo traz uma nova lição. Empática, companheira, solícita, zelosa, e com um fogo interior que poucos notam. Quem mais está pronto para uma aula de surpresas?

Antes de broxar, seu marido era viril, mas no final de seu vigor estava com umas ideias estranhas, talvez por saber que não daria conta de ir até o final. Andou falando em fantasias, roupas de couro e acessórios. Deise não se sente culpada pela impotência de Ciro, ela sabe que a idade traz um peso para um corpo cansado, só não imaginou que seria tão cedo, mas intimamente, foi depois que ele tentou uma surpresa com uma fantasia erótica do Thor, com um martelinho de plástico, que a dificuldade dele começou. Deise riu tanto, gargalhou, gritou e chorou de rir da cara de Ciro e fez comparação do martelinho com o pau dele, que conseguia ser menor e apelidou de Martelinho Bate Fofo.

No começo, Ciro levou na esportiva. Afinal, quem faz uma surpresa, tem de estar preparado para reações adversas. Porém, após isso ele não soube lidar com a rejeição e ficou inseguro, passou a evitar relações sexuais e essa postura virou uma rotina.

Apesar de não ligar para o problema do marido pelos últimos cinco anos, Deise recentemente passou a desenvolver os seus próprios, a menopausa chegando, a secura vaginal e os problemas psicológicos, a fizeram enxergar Ciro com um olhar mais crítico, já que no início da disfunção ela achou conveniente, chegar do trabalho, tomar banho, deitar e dormir.

Agora sua zona de conforto está ameaçada, sua insônia e falta de apetite, com muita frequência, a deixa irritada, com um humor para cada hora do dia. Ela nem faz mais as caminhadas pela Borda da Mata, porque fica lembrando que está caminhando para o deserto. Deise sabe que seu marido não tem obrigação de aturar seu mau humor e que sua regalia é devido somente ao esforço dele na avaliação política da situação.

Deise inicia suas táticas de aproximações sucessivas, dia após dia ela ora esquece a roupa e sai enrolada na toalha de banho, passando em frente a ele, ora ela abraça ele por trás, segurando o seu martelo bate fofo. Ciro segue indiferente, mas quando ele repara que ela está fazendo um esforço, Deise percebe a oportunidade e confronta gentilmente o seu marido, sugerindo uma consulta com um especialista.

– Amor você tem ajudado a cidade inteira por anos a conseguir uma consulta médica.

– Você deve conhecer alguém que te ajude.

Intrigado, Ciro questiona:

– Por que isso agora? A gente vive tão bem.

– Está acontecendo alguma coisa?

– Você está com algum problema, você quer me contar algo? Eu reparei que você está dormindo mal, às vezes me acorda.

Então, astutamente ela responde, mostrando preocupação com a saúde dele:

– Já faz muito tempo que você está com esse problema e ultimamente você tem bebido demais.

– Eu receio que você faz isso por causa da disfunção erétil, mas eu quero te ajudar.

– Saiba que eu estou do seu lado.

Sem acreditar na possibilidade, Ciro diz a esposa:

– Eu já conversei com o pessoal do posto e ouvi falar que tomar remédio pode afetar o coração.

– Ouviu quem dizer? – indagou Deise.

– O maqueiro do pronto socorro. Ele também está passando por algo semelhante.

Num tom de voz mais forte, Deise interpela:

– Ciro, você é cardíaco desde quando?

– Essas coisas são íntimas e você deve falar com um profissional.

– Faz isso por mim, eu não quero ficar desamparada. Eu estou me sentindo muito só.

Ciro acenou com a cabeça e prometeu procurar ajuda, mas continuou intrigado. Ele ficou com a impressão que Deise estava escondendo algo, mas decidiu cumprir com o prometido.

No dia seguinte ele foi a uma clínica especializada, próximo à biblioteca municipal e fez uma consulta, alguns exames e, para surpresa dele, não havia problema significativo orgânico e que a causa seria psicogênica. Ele saiu do consultório com um encaminhamento para o psicólogo e uma receita para um medicamento, além disso, a orientação para tentar primeiro o psicólogo, para que não se tornasse um dependente de remédio desnecessariamente.

Sem pressa alguma, Ciro voltou a clínica somente na semana seguinte, para algumas consultas com o psicólogo. Ao longo de doze dias, o doutor escutou, analisou e concluiu:

- Senhor Ciro, a situação de stress das campanhas sucessivas em que você participa, aliada ao evento traumático com o martelinho bate fofo, podem ter sido o gatilho que desencadeou a disfunção.
- Vou sugerir uma técnica de terapia cognitivo comportamental, se você estiver disposto.
- Será muito importante a presença de sua companheira na próxima sessão.

Então Ciro conversou com sua esposa sobre a evolução no tratamento e sobre a proposta para a terapia, ela ouviu e com muita resistência o acompanhou na sessão seguinte. O doutor parecia querer economizar tempo, ou tinha algum compromisso, ou algo do tipo. Questionou Deise de forma resumida, analisando sua disposição para fazer parte da terapia e garantindo que ela seguiria até o fim. Naquele momento ela imaginou ser alguma atividade normal, pela naturalidade que o doutor falou, confiando na segurança que ele transmitiu e ela concordou com os termos impostos sem muitos questionamentos.

A primeira instrução que Deise recebeu foi para ela comprar uma fantasia para ela e preparar uma recepção na cama para Ciro. Ela então foi em uma loja perto da Praça da Bandeira e comprou uma fantasia de onça e preparou uma recepção para o marido. Não deu certo, ele chegou, até colaborou, mas a brincadeira ficou um pouco sem graça. Talvez por falta de prática, ou de crença no resultado.

Tudo foi relatado para o especialista, o constrangimento era visível, mas eles seguiram no tratamento. A próxima instrução foi para Deise se envolver mais e tentar descobrir o que seria aprazível para seu marido. Ela de pronto lembrou das bizarrices dele, no tempo em que o membro funcionava e seguiu a instrução. Ela voltou a loja e, desta vez, ela comprou duas fantasias de couro preto sintético, uma para ela, a de submissa, e outra para ele, a de carrasco, e atuou conforme o protocolo apresentado pelo especialista.

Desta vez Ciro sentiu alguma coisa, mas não foi ereção. Quando ele viu Deise com aquela roupa colada, cheia de óleo, submissa e pedindo para ser castigada por ser uma menina má, ele imediatamente voltou a sentir prazer, independente da ereção, ele sentiu sua próstata pulsar. Ele até ficou melado, mas não foi desta vez. Novo relatório e nova instrução para Deise, ela deveria variar pouco desta vez, adicionar ou remover algo da cena anterior.

Deise refletiu sobre todo o esforço feito até o momento, seus resultados e chegou a conclusão que levaria muito tempo até ela sentir algo dentro dela, então pensou num atalho. Ela repetiria a sessão de submissa, mas dessa vez ela introduziria um novo carrasco na cena. Pesquisando entre redes sociais e pessoas conhecidas, ela não encontrou ninguém de confiança para essa terapia, foi então que ela optou por aplicativo de relacionamento e encontrou diversas opções.

Entre os rapazes estava Jovilson, Deise se lembrou dele e entrou em seu perfil, viu que ele trabalha com refeições e fez um pedido para que ele fosse até ela com a entrega. Quando ele chegou com o lanche, eles se reconheceram e conversaram por um tempo, quando Deise sentiu confiança, ela fez uma proposta para o rapaz, como um contrato, ele recebeu para fazer o papel de carrasco.

Quando a noite caiu e o Ciro chegou, Deise o pediu para aguardar o lanche que ela havia comprado, antes de iniciarem a terapia. Então ela terminou de vestir sua fantasia e ligou para Jovilson, que buzinou na entrada, como todo entregador faz, sem levantar suspeita ele foi até a porta, Deise o recebeu e quando Ciro percebeu, estavam os dois vestidos de couro, Jovilson já chegou fantasiado de carrasco e perguntou a Ciro:

– Você vai colocar sua fantasia? Eu só tenho uma hora para atender vocês.

Mesmo surpreendido pelo inesperado rapaz contratado, Ciro, sem dizer uma palavra, entrou apressado em seu quarto e foi colocando sua fantasia e entrando no jogo. Ele pediu para Jovilson começar a castigar sua esposa, mas depois de cinco chibatadas o rapaz percebeu que Deise queria ver o tronco da gameleira desaparecer dentro dela. Ciro estava participando não ativamente com ela montada sobre ele, enquanto o garotão pegava ela por trás, até que ele ouviu os gemidos verdadeiros de Deise e enfim teve uma ereção, presenteando a sua esposa com uma dupla penetração.

Depois dessa noite, o casal passou a pedir lanches com mais frequência.

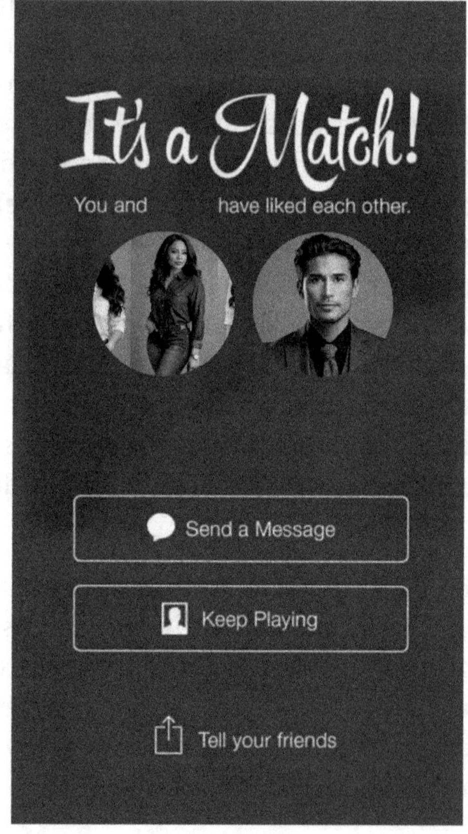

www.ingramcontent.com/pod-product-compliance
Lightning Source LLC
LaVergne TN
LVHW050010170826
845677LV00023B/3616

* 9 7 8 6 5 0 0 9 7 0 7 2 2 *